读书如游戏
目的不在赢而在有趣

鲁迅 著

江苏凤凰文艺出版社
JIANGSU PHOENIX LITERATURE AND ART PUBLISHING

新流出品

代序

读书杂谈

——七月十六日在广州知用中学讲

因为知用中学的先生们希望我来演讲一回，所以今天到这里和诸君相见。不过我也没有什么东西可讲。忽而想到学校是读书的所在，就随便谈谈读书。是我个人的意见，姑且供诸君的参考，其实也算不得什么演讲。

说到读书，似乎是很明白的事，只要拿书来读就是了，但是并不这样简单。至少，就有两种：一是职业的读书，一是嗜好的读书。所谓职业的读书者，譬如学生因为升学，教员因为要讲功课，不翻翻书，就有些危险的就是。我想在坐的诸君之中一定有些这样的经验，有的不喜欢算学，有的不喜欢博物，然而不得不学，否则，不能毕业，不能升学，和将来的生计便有妨碍了。我自己也这样，因为做教员，有时即非看不喜欢看的书不可，要不这样，怕不久便会于饭碗有妨。我们习惯了，一说起读书，就觉得是高尚的事情，其实这样的读书，和木匠的磨斧头，裁缝的理针线并没有什么分别，并不见得高尚，有时还很苦痛，很可怜。你爱做的事，偏不给你做，你不爱做的，倒非做不可。这是由于职业和嗜好不能合一而来的。倘能够大家去做爱做的事，而仍然各有饭吃，那是多么幸福。但现在的社会上还做不到，所以读书的人们的最大部分，大概是勉勉强强的，带着苦痛的为职业的读书。

现在再讲嗜好的读书罢。那是出于自愿，全不勉强，离开了利害关系的。——我想，嗜好的读书，该如爱打牌的一样，天天打，夜夜打，连续的去打，有时被公安局捉去了，放出来之后还是打。诸君要知道真打牌的人的目的并不在赢钱，而在有趣。牌有怎样的有趣呢，我是外行，不大明白。但听得爱赌的人说，它妙在一张一张的摸起来，永远变化无穷，我想，凡嗜好的读书，能够手不释卷的原因也就是这样，他在每一叶每一叶里，都得着深厚的趣味。自然，也可以扩大精神，增加智识的，但这些倒都不计及，一计及，便等于意在赢钱的博徒了，这在博徒之中，也算是下品。

不过我的意思，并非说诸君应该都退了学，去看自己喜欢看的书去。这样的时候还没有到来；也许终于不会到，至多，将来可以设法使人们对于非做不可的事发生较多的兴味罢了。我现在是说，爱看书的青年，大可以看看本分以外的书，即课外的书，不要只将课内的书抱住。但请不要误解，我并非说，譬如在国文讲堂上，应该在抽屉里暗看《红楼梦》之类；乃是说，应做的功课已完而有余暇，大可以看看各样的书，即使和本业毫不相干的，也要泛览，譬如学理科的，偏看看文学书，学文学的，偏看看科学书，看看别个在那里研究的，究竟是怎么一回事，这样子，对于别人，别事，可以有更深的了解。现在中国有一个大毛病，就是人们大概以为自己所学的一门是最好，最妙，最要紧的学问，而别的都无用，都不足道的，弄这些不足道的东西的人，将来该当饿死。其实是，世界还没有如此简单，学问都各有用处，要定什么是头等还很难。也幸而有各式各样的人，假如世界上全是文学家，到处所讲的不是“文学的分类”便是“诗之构造”，那倒反而无聊得很了。

不过以上所说的，是附带而得的效果，嗜好的读书，本人自然并不计及那些，就如游公园似的，随随便便去，因为随随便便，所以不吃力，因为不吃力，所以会觉得有趣。如果一本书拿到手，就满心想道，“我在读书了！”“我在用功了！”那就容易疲劳，因而减掉兴味，或者变成苦事了。

我看现在的青年，为兴味的读书的是有的，我也常常遇到各样的询问。此刻就将我所想到的说一点，但是只限于文学方面，因为我不明白其他的。

第一，是往往分不清文学和文章。甚至于已经来动手做批评文章的，也免不了这毛病。其实粗粗的说，这是容易分别的。研究文章的历史或理论的，是文学家，是学者；做做诗或戏曲小说的，是做文章的人，就是古时候所谓文人，此刻所谓创作家。创作家不妨毫不理会文学史或理论，文学家也不妨做不出一句诗。然而中国社会上还很误解，你做几篇小说，便以为你一定懂得小说概论，做几句新诗，就要你讲诗之原理。我也尝见想做小说的青年，先买小说法程和文学史来看。据我看来，是即使将这些书看烂了，和创作也没有什么关系的。

事实上，现在有几个做文章的人，有时也确去做教授。但这是因为中国创作不值钱，养不活自己的缘故。听说美国小名家的一篇中篇小说，时价是二千美金；中国呢，别人我不知道，我自己的短篇寄给大书铺，每篇卖过二十元。当然要寻别的事，例如教书，讲文学。研究是要用理智，要冷静的，而创作须情感，至少总得发点热，于是忽冷忽热，弄得头昏，——这也是职业和嗜好不能合一的苦处。苦倒也罢了，结果还是什么都弄不好。那证据，是试翻世界文学史，那里面的人，几乎没有兼做教授的。

还有一种坏处，是一做教员，未免有顾忌；教授有教授的架子，不能畅所欲言。这或者有人要反驳：那么，你畅所欲言就是了，何必如此小心。然而这是事前的风凉话，一到有事，不知不觉地他也要从众来攻击的。而教授自身，纵使自以为怎样放达，下意识里总不免有架子在。所以在外国，称为“教授小说”的东西倒并不少，但是不大有人说好，至少，是总难免有令人发烦的衒学的地方。

所以我想，研究文学是一件事，做文章又是一件事。

第二，我常被询问：要弄文学，应该看什么书？这实在是一个极难回答的问题。先前也曾有几位先生给青年开过一大篇书目。但从我看来，这是没有什么用处的，因为我觉得那都是开书目的先生自己想要看或者未必想要看的书目。我以为倘要弄旧的呢，倒不如姑且靠着张之洞的《书目答问》去摸门径去。倘是新的，研究文学，则自己先看看各种的小本子，如本间久雄的《新文学概论》，厨川白村的《苦闷的象征》，瓦浪斯基们的《苏俄的文艺论战》之类，然后自己再想想，再博览下去。因为文学的理论不像算学，二二一定得四，所以议论很纷歧。如第三种，便是俄国的两派的争论，——我附带说一句，近来听说连俄国的小说也不大有人看了，似乎一看见“俄”字就吃惊，其实苏俄的新创作何尝有人绍介，此刻译出的几本，都是革命前的作品，作者在那边都已经被看作反革命的了。倘要看看文艺作品呢，则先看几种名家的选本，从中觉得谁的作品自己最爱看，然后再看这一个作者的专集，然后再从文学史上看看他在史上的位置；倘要知道得更详细，就看一两本这人的传记，那便可以大略了解了，如果专是请教别人，则各人的嗜好不同，总是格不相入的。

第三，说几句关于批评的事，现在因为出版物太多了，——其实有什么呢，而读者因为不胜其纷纭，便渴望批评，于是批评家也便应运而起。批评这东西，对于读者，至少对于和这批评家趣旨相近的读者，是有用的。但中国现在，似乎应该暂作别论。往往有人误以为批评家对于创作是操生杀之权，占文坛的最高位的，就忽而变成批评家，他的灵魂上挂了刀。但是怕自己的立论不周密，便主张主观，有时怕自己的观察别人不看重，又主张客观；有时说自己的作文的根柢全是同情，有时将校对者骂得一文不值。

凡中国的批评文字，我总是越看越胡涂，如果当真，就要无路可走。印度人是早知道的，有一个很普通的比喻。他们说：一个老翁和一个孩子用一匹驴子驮着货物去出卖，货卖去了，孩子骑驴回来，老翁跟着走。但路人责备他了，说是不晓事，叫老年人徒步。他们便换了一个地位，而旁人又说老人忍心；老人忙将孩子抱到鞍鞒上，后来看见的人却说他们残酷；于是都下来，走了不久，可又有人笑他们了，说他们是呆子，空着现成的驴子却不骑，于是老人对孩子叹息道，我们只剩了一个办法了，是我们两人抬着驴子走。无论读，无论做，倘若旁征博访，结果是往往会弄到抬驴子走的。

不过我并非要大家不看批评，不过说看了之后，仍要看看本书，自己思索，自己做主。看别的书也一样，仍要自己思索，自己观察。倘只看书，便变成书厨，即使自己觉得有趣，而那趣味其实是已在逐渐硬化，逐渐死去了。我先前反对青年躲进研究室，也就是这意思，至今有些学者，还将这话算作我的一条罪状哩。

听说英国的培那特萧（Bernard Shaw），有过这样意思的话：世间最不行的是读书者。因为他只能看别人的思想艺术，不用自己。这也就是勖本华尔（Schopenhauer）之所谓脑子里给别人跑马。较好的是思索者。因为能用自己的生活力了，但还不免是空想，所以更好的是观察者，他用自己的眼睛去读世间这一部活书。

这是的确的，实地经验总比看、听、空想确凿。我先前吃过干荔支，罐头荔支，陈年荔支，并且由这些推想过新鲜的好荔支。这回吃过了，和我所猜想的不同，非到广东来吃就永不会知道。但我对于萧的所说，还要加一点骑墙的议论。萧是爱尔兰人，立论也不免有些偏激的。我以为假如从广东乡下找一个没有历练的人，叫他从上海到北京或者什么地方，然后问他观察所得，我恐怕是很有限的，因为他没有练习过观察力，所以要观察，还是先要经过思索和读书。

总之，我的意思是很简单的：我们自动的读书，即嗜好的读书，请教别人是大抵无用，只好先行泛览，然后决择而入于自己所爱的较专的一门或几门；但专读书也有弊病，所以必须和实社会接触，使所读的书活起来。

目录

I 怎样读书

2 青年必读书

4 这个与那个

15 读几本书

18 看书琐记（一）

21 看书琐记（二）

24 看书琐记（三）

27 读书忌

30 随便翻翻

36 经验

39 古书中寻活字汇

41 名人和名言

47 门外文谈
76 点句的难
79 “看图识字”
83 漫谈“漫画”
87 论“花边文学”
92 十四年的“读经”
98 现今的新文学的概观

II 巨匠及其作品

106 谈金圣叹
109 陀思妥夫斯基的事
112 “穷人”小引
118 “死魂灵百图”小引
122 “静静的顿河”后记
126 卢梭和胃口
131 萧红作“生死场”序

Ⅲ 文章作法

136 作文秘诀

142 不应该那么写

145 不求甚解

148 做古文和做好人的秘诀

154 我还不能“带住”

159 答北斗杂志社问

161 关于小说题材的通信

167 我怎么做起小说来

173 帮忙文学与帮闲文学

Ⅳ 文坛及文艺

178 文艺和革命

180 书籍和财色

183 我们要批评家

186 “中国文坛的悲观”
189 论睁了眼看
196 文学和出汗
199 无声的中国
207 沉滓的泛起
212 黑暗中国的文艺界的现状
218 小杂感
222 文学上的折扣
225 文人无文
228 论“第三种人”
235 骂杀与捧杀

I　怎样读书

青年必读书

——应《京报副刊》的征求

青年必读书：从来没有留心过，所以现在说不出。

附注：但我要趁这机会，略说自己的经验，以供若干读者的参考——

我看中国书时，总觉得就沉静下去，与实人生离开；读外国书——但除了印度——时，往往就与人生接触，想做点事。

中国书虽有劝人入世的话，也多是僵尸的乐观；外国书即使是颓唐和厌世的，但却是活人的颓唐和厌世。

我以为要少——或者竟不——看中国书，多看外国书。

少看中国书，其结果不过不能作文而已。但现在的青年最要紧的是“行”，不是“言”。只要是活人，不能作文算什么大不了的事。

（二月十日。）

这个与那个

一　读经与读史

一个阔人说要读经，嗡的一阵一群狭人也说要读经。岂但“读”而已矣哉，据说还可以“救国”哩。“学而时习之，不亦说乎？”那也许是确凿的罢，然而甲午战败了，——为什么独独要说“甲午”呢，是因为其时还在开学校，废读经以前。

我以为伏案还未功深的朋友，现在正不必埋头来哼线装书。倘其咿唔日久，对于旧书有些上瘾了，那么，倒不如去读史，尤其是宋朝、明朝史，而且尤须是野史；或者看杂说。

现在中西的学者们，几乎一听到“钦定四库全书”这名目就魂不附体，膝弯总要软下来似的。其实呢，书的原式是改变了，错字是加添了，甚至于连文章都删改了，最便当的是《琳琅秘室丛书》中的两种《茅亭客话》，一是宋本，一是四库本，一比较就知道。“官修”而加以“钦定”的正史也一样，不但本纪咧，列传咧，要摆“史架子”；里面也不敢说什么。据说，字里行间是也含着什么褒贬的，但谁有这么多的心眼儿来猜闷壶卢。至今还道“将平生事迹宣付国史馆立传”，还是算了罢。

野史和杂说自然也免不了有讹传，挟恩怨，但看往事却可以较分明，因为它究竟不像正史那样地装腔作势。看宋事，《三朝北盟汇编》已经变成古董，太贵了，新排印的《宋人说部丛书》却还便宜。明事呢，《野获编》原也好，但也化为古董了，每部数十元；易于入手的是《明季南北略》、《明季稗史汇编》，以及新近集印的《痛史》。

史书本来是过去的陈帐簿，和急进的猛士不相干。但先前说过，倘若还不能忘情于咿唔，倒也可以翻翻，知道我们现在的情形，和那时的何其神似，而现在的昏妄举动，胡涂思想，那时也早已有过，并且都闹糟了。

试到中央公园去，大概总可以遇见祖母带着她孙女儿在玩的。这位祖母的模样，就预示着那娃儿的将来。所以倘有谁要预知令夫人后日的丰姿，也只要看丈母。不同是当然要有些不同的，但总归相去不远。我们查帐的用处就在此。

但我并不说古来如此，现在遂无可为，劝人们对于“过去”生敬畏心，以为它已经铸定了我们的运命。Le Bon 先生说，死人之力比生人大，诚然也有一理的，然而人类究竟进化着。又据章士钊总长说，则美国的什么地方已在禁讲进化论了，这实在是吓死我也，然而禁只管禁，进却总要进的。

总之：读史，就愈可以觉悟中国改革之不可缓了。虽是国民性，要改革也得改革，否则，杂史杂说上所写的就是前车。一改革，就无须怕孙女儿总要像点祖母那些事，譬如祖母的脚是三角形，步履维艰的，小姑娘的却是天足，能飞跑；丈母老太太出过天花，脸上有些缺点的，令夫人却种的是牛痘，所以细皮白肉：这也就大差其远了。

（十二月八日。）

二　捧与挖

中国的人们，遇见带有会使自己不安的朕兆的人物，向来就用两样法：将他压下去，或者将他捧起来。

压下去就用旧习惯和旧道德，或者凭官力，所以孤独的精神的战士，虽然为民众战斗，却往往反为这“所为”而灭亡。到这样，他们这才安心了。压不下时，则于是乎捧，以为抬之使高，餍之使足，便可以于己稍稍无害，得以安心。

伶俐的人们，自然也有谋利而捧的，如捧阔老，捧戏子，捧总长之类；但在一般粗人，——就是未尝“读经”的，则凡有捧的行为的“动机”，大概是不过想免害。即以所奉祀的神道而论，也大抵是凶恶的，火神瘟神不待言，连财神也是蛇呀刺猬呀似的骇人的畜类；观音菩萨倒还可爱，然而那是从印度输入的，并非我们的“国粹”。要而言之：凡有被捧者，十之九不是好东西。

既然十之九不是好东西，则被捧而后，那结果便自然和捧者的希望适得其反了。不但能使不安，还能使他们很不安，因为人心本来不易餍足。然而，人们终于至今没有悟，还以捧为苟安之一道。

记得有一部讲笑话的书，名目忘记了，也许是《笑林广记》罢，说，当一个知县的寿辰，因为他是子年生，属鼠的，属员们便集资铸了一个金老鼠去作贺礼。知县收受之后，另寻了机会对大众说道：明年又恰巧是贱内的整寿；她比我小一岁，是属牛的。其实，如果大家先不送金老鼠，他决不敢想金牛。一送开手，可就难于收拾了，无论金牛无力致送，即使送了，怕他的姨太太也会属象。象不在十二生肖之内，似乎不近情理罢，但这是我替他设想的法子罢了，知县当然别有我们所莫测高深的妙法在。

民元革命时候，我在S城，来了一个都督。他虽然也出身绿林大学，未尝“读经”(？)，但倒是还算顾大局，听舆论的，可是自绅士以至于庶民，又用了祖传的捧法群起而捧之了。这个拜会，那个恭维，今天送衣料，明天送翅席，捧得他连自己也忘其所以，结果是渐渐变成老官僚一样，动手刮地皮。

最奇怪的是北几省的河道，竟捧得河身比屋顶高得多了。当初自然是防其溃决，所以壅上一点土；殊不料愈壅愈高，一旦溃决，那祸害就更大。于是就“抢堤”咧，“护堤”咧，“严防决堤”咧，花色繁多，大家吃苦。如果当初见河水泛滥，不去增堤，却去挖底，我以为决不至于这样。

有贪图金牛者，不但金老鼠，便是死老鼠也不给。那么，此辈也就连生日都未必做了。单是省却拜寿，已经是一件大快事。

中国人的自讨苦吃的根苗在于捧，“自求多福”之道却在于挖。其实，劳力之量是差不多的，但从惰性太多的人们看来，却以为还是捧省力。

（十二月十日。）

三　最先与最后

《韩非子》说赛马的妙法，在于“不为最先，不耻最后”。这虽是从我们这样外行的人看起来，也觉得很有理。因为假若一开首便拼命奔驰，则马力易竭。但那第一句是只适用于赛马的，不幸中国人却奉为人的处世金针了。

中国人不但“不为戎首”，“不为祸始”，甚至于“不为福先”。所以凡事都不容易有改革；前驱和闯将，大抵是谁也怕得做。然而人性岂真能如道家所说的那样恬淡；欲得的却多。既然不敢径取，就只好用阴谋和手段。以此，人们也就日见其卑怯了，既是“不为最先”，自然也不敢“不耻最后”，所以虽是一大堆群众，略见危机，便“纷纷作鸟兽散”了。如果偶有几个不肯退转，因而受害的，公论家便异口同声，称之曰傻子。对于“锲而不舍”的人们也一样。

我有时也偶尔去看看学校的运动会。这种竞争，本来不像两敌国的开战，挟有仇隙的，然而也会因了竞争而骂，或者竟打起来。但这些事又作别论。竞走的时候，大抵是最快的三四个人一到决胜点，其余的便松懈了，有几个还至于失了跑完豫定的圈数的勇气，中途挤入看客的群集中；或者佯为跌倒，使红十字队用担架将他抬走。假若偶有虽然落后，却尽跑，尽跑的人，大家就嗤笑他。大概是因为他太不聪明，"不耻最后"的缘故罢。

所以中国一向就少有失败的英雄，少有韧性的反抗，少有敢单身鏖战的武人，少有敢抚哭叛徒的吊客；见胜兆则纷纷聚集，见败兆则纷纷逃亡。战具比我们精利的欧、美人，战具未必比我们精利的匈奴、蒙古、满洲人，都如入无人之境。"土崩瓦解"这四个字，真是形容得有自知之明。

多有"不耻最后"的人的民族，无论什么事，怕总不会一下子就"土崩瓦解"的，我每看运动会时，常常这样想：优胜者固然可敬，但那虽然落后而仍非跑至终点不止的竞技者，和见了这样竞技者而肃然不笑的看客，乃正是中国将来的脊梁。

四　流产与断种

近来对于青年的创作，忽然降下一个“流产”的恶谥，哄然应和的就有一大群。我现在相信，发明这话的是没有什么恶意的，不过偶尔说一说；应和的也是情有可原的，因为世事本来大概就这样。

我独不解中国人何以于旧状况那么心平气和，于较新的机运就这么疾首蹙额；于已成之局那么委曲求全，于初兴之事就这么求全责备？

智识高超而眼光远大的先生们开导我们：生下来的倘不是圣贤、豪杰、天才，就不要生；写出来的倘不是不朽之作，就不要写；改革的事倘不是一下子就变成极乐世界，或者，至少能给我（！）有更多的好处，就万万不要动！……

那么，他是保守派么？据说：并不然的。他正是革命家。惟独他有公平，正当，稳健，圆满，平和，毫无流弊的改革法；现下正在研究室里研究着哩，——只是还没有研究好。

什么时候研究好呢？答曰：没有准儿。

孩子初学步的第一步，在成人看来，的确是幼稚，危险，不成样子，或者简直是可笑的。但无论怎样的愚妇人，却总以恳切的希望的心，看他跨出这第一步去，决不会因为他的走法幼稚，怕要阻碍阔人的路线而“逼死”他；也决不至于将他禁在床上，使他躺着研究到能够飞跑时再下地。因为她知道：假如这么办，即使长到一百岁也还是不会走路的。

古来就这样，所谓读书人，对于后起者却反而专用彰明较著的或改头换面的禁锢。近来自然客气些，有谁出来，大抵会遇见学士文人们挡驾：且住，请坐。接着是谈道理了：调查，研究，推敲，修养，……结果是老死在原地方。否则，便得到“捣乱”的称号。我也曾有如现在的青年一样，向已死和未死的导师们问过应走的路。他们都说：不可向东，或西，或南，或北。但不说应该向东，或西，或南，或北。我终于发见他们心底里的蕴蓄了：不过是一个“不走”而已。

坐着而等待平安，等待前进，倘能，那自然是很好的，但可虑的是老死而所等待的却终于不至；不生育，不流产而等待一个英伟的宁馨儿，那自然也很可喜的，但可虑的是终于什么也没有。

倘以为与其所得的不是出类拔萃的婴儿，不如断种，那就无话可说。但如果我们永远要听见人类的足音，则我以为流产究竟比不生产还有望，因为这已经明明白白地证明着能够生产的了。

（十二月二十日。）

读几本书

邓当世

读死书会变成书呆子，甚至于成为书厨，早有人反对过了，时光不绝的进行，反读书的思潮也愈加彻底，于是有人来反对读任何一种书。他的根据是叔本华的老话，说是倘读别人的著作，不过是在自己的脑里给作者跑马。

这对于读死书的人们，确是一下当头棒，但为了与其探究，不如跳舞，或者空暴躁，瞎牢骚的天才起见，却也是一句值得绍介的金言。不过要明白：死抱住这句金言的天才，他的脑里却正被叔本华跑了一趟马，踏得一塌胡涂了。

现在是批评家在发牢骚，因为没有较好的作品；

创作家也在发牢骚，因为没有正确的批评。张三说李四的作品是象征主义，于是李四也自以为是象征主义，读者当然更以为是象征主义。然而怎样是象征主义呢？向来就没有弄分明，只好就用李四的作品为证。所以中国之所谓象征主义，和别国之所谓Symbolism是不一样的。虽然前者其实是后者的译语，然而听说梅特林是象征派的作家，于是李四就成为中国的梅特林了。此外中国的法朗士，中国的白璧德，中国的吉尔波丁，中国的高尔基……还多得很。然而真的法朗士他们的作品的译本，在中国却少得很。莫非因为都有了“国货”的缘故吗？

在中国的文坛上，有几个国货文人的寿命也真太长；而洋货文人的可也真太短，姓名刚刚记熟，据说是已经过去了。易卜生大有出全集之意，但至今不见第三本；柴霍甫和莫泊桑的选集，也似乎走了虎头蛇尾运。但在我们所深恶痛疾的日本，《吉诃德先生》和《一千一夜》是有全译的；沙士比亚、歌德，……都有全集；托尔斯泰的有三种，陀思妥也夫斯基的有两种。

读死书是害己，一开口就害人；但不读书也并不见得好。至少，譬如要批评托尔斯泰，则他的作品是必得看几本的。自然，现在是国难时期，那有工夫译这些书，看这些书呢，但我所提议的是向着只在暴躁和牢骚的大人物，并非对于正在赴难或“卧薪尝胆”的英雄。因为有些人物，是即使不读书，也不过玩着，并不去赴难的。

（五月十四日。）

看书琐记（一）

焉于

高尔基很惊服巴尔札克小说里写对话的巧妙，以为并不描写人物的模样，却能使读者看了对话，便好象目睹了说话的那些人。（八月份《文学》内《我的文学修养》）

中国还没有那样好手段的小说家，但《水浒》和《红楼梦》的有些地方，是能使读者由说话看出人来的。其实，这也并非什么奇特的事情，在上海的弄堂里，租一间小房子住着的人，就时时可以体验到。他和周围的住户，是不一定见过面的，但只隔一层薄板壁，所以有些人家的眷属和客人的谈话，尤其是高声的谈话，都大略可以听到，久而久之，就知道那里有那些人，而且仿佛觉得那些人是怎样的人了。

如果删除了不必要之点，只摘出各人的有特色的谈话来，我想，就可以使别人从谈话里推见每个说话的人物。但我并不是说：这就成了中国的巴尔札克。

作者用对话表现人物的时候，恐怕在他自己的心目中，是存在着这人物的模样的，于是传给读者，使读者的心目中也形成了这人物的模样。但读者所推见的人物，却并不一定和作者所设想的相同，巴尔札克的小胡须的清瘦老人，到了高尔基的头里，也许变了粗蛮壮大的络腮胡子。不过那性格、言动，一定有些类似，大致不差，恰如将法文翻成了俄文一样。要不然，文学这东西便没有普遍性了。

文学虽然有普遍性，但因读者的体验的不同而有变化，读者倘没有类似的体验，它也就失去了效力。譬如我们看《红楼梦》，从文字上推见了林黛玉这一个人，但须排除了梅博士的“黛玉葬花”照相的先入之见，另外想一个，那么，恐怕会想到剪头发，穿印度绸衫，清瘦，寂寞的摩登女郎；或者别的什么模样，我不能断定。但试去和三四十年前出版的《红楼梦图咏》之类里面的画像比一比罢，一定是截然两样的，那上面所画的，是那时的读者的心目中的林黛玉。

文学有普遍性，但有界限；也有较为永久的，但因读者的社会体验而生变化。北极的遏斯吉摩人和菲洲腹地的黑人，我以为是不会懂得“林黛玉型”的；健全而合理的好社会中人，也将不能懂得，他们大约要比我们的听讲始皇焚书，黄巢杀人更其隔膜。一有变化，即非永久，说文学独有仙骨，是做梦的人们的梦话。

（八月六日。）

看书琐记（二）

焉于

就在同时代，同国度里，说话也会彼此说不通的。

巴比塞有一篇很有意思的短篇小说，叫作《本国话和外国话》，记的是法国的一个阔人家里招待了欧战中出死入生的三个兵，小姐出来招呼了，但无话可说，勉勉强强的说了几句，他们也无话可答，倒只觉坐在阔房间里，小心得骨头疼。直到溜回自己的“猪窠”里，他们这才遍身舒齐，有说有笑，并且在德国俘虏里，由手势发见了说他们的“我们的话”的人。

因了这经验，有一个兵便模模胡胡的想：“这世间有两个世界。一个是战争的世界。别一个是有着保险箱门一般的门，礼拜堂一般干净的厨房，漂亮的房子的世界。完全是另外的世界。另外的国度。那里面，住着古怪想头的外国人。”

那小姐后来就对一位绅士说的是：“和他们是连话都谈不来的。好象他们和我们之间，是有着跳不过的深渊似的。”

其实，这也无须小姐和兵们是这样。就是我们——算作“封建余孽”或“买办”或别的什么而论都可以——和几乎同类的人，只要什么地方有些不同，又得心口如一，就往往免不了彼此无话可说。不过我们中国人是聪明的，有些人早已发明了一种万应灵药，就是“今天天气……哈哈哈！”倘是宴会，就只猜拳，不发议论。

这样看来，文学要普遍而且永久，恐怕实在有些艰难。“今天天气……哈哈哈！”虽然有些普遍，但能否永久，却很可疑，而且也不大像文学。于是高超的文学家便自己定了一条规则，将不懂他的“文学”的人们，都推出“人类”之外，以保持其普遍性。文学还有别的性，他是不肯说破的，因此也只好用这手段。然而这么一来，“文学”存在，“人”却不多了。

于是而据说文学愈高超，懂得的人就愈少，高超之极，那普遍性和永久性便只汇集于作者一个人。然而文学家却又悲哀起来，说是吐血了，这真是没有法子想。

（八月六日。）

看书琐记（三）

焉于

创作家大抵憎恶批评家的七嘴八舌。

记得有一位诗人说过这样的话：诗人要做诗，就如植物要开花，因为他非开不可的缘故。如果你摘去吃了，即使中了毒，也是你自己错。

这比喻很美，也仿佛很有道理的。但再一想，却也有错误。错的是诗人究竟不是一株草，还是社会里的一个人；况且诗集是卖钱的，何尝可以白摘。一卖钱，这就是商品，买主也有了说好说歹的权利了。

即使真是花罢，倘不是开在深山幽谷，人迹不到之处，如果有毒，那是园丁之流就要想法的。花的事实，也并不如诗人的空想。

现在可是换了一个说法了，连并非作者，也憎恶了批评家，他们里有的说道：你这么会说，那么，你倒来做一篇试试看！

这真要使批评家抱头鼠窜。因为批评家兼能创作的人，向来是很少的。

我想，作家和批评家的关系，颇有些像厨司和食客。厨司做出一味食品来，食客就要说话，或是好，或是歹。厨司如果觉得不公平，可以看看他是否神经病，是否厚舌苔，是否挟夙嫌，是否想赖账。或者他是否广东人，想吃蛇肉；是否四川人，还要辣椒。于是提出解说或抗议来——自然，一声不响也可以。但是，倘若他对着客人大叫道："那么，你去做一碗来给我吃吃看！"那却未免有些可笑了。

诚然，四五年前，用笔的人以为一做批评家，便可以高踞文坛，所以速成和乱评的也不少，但要矫正这风气，是须用批评的批评的，只在批评家这名目上，涂上烂泥，并不是好办法。不过我们的读书界，是爱平和的多，一见笔战，便是什么"文坛的悲观"呀，"文人相轻"呀，甚至于不问是非，统谓之"互骂”，指为“漆黑一团糟”。果然，现在是听不见说谁是批评家了。但文坛呢，依然如故，不过它不再露出来。

文艺必须有批评；批评如果不对了，就得用批评来抗争，这才能够使文艺和批评一同前进，如果一律掩住嘴，算是文坛已经干净，那所得的结果倒是要相反的。

（八月二十二日。）

读书忌

焉于

记得中国的医书中，常常记载着“食忌”，就是说，某两种食物同食，是于人有害，或者足以杀人的，例如葱与蜜，蟹与柿子，落花生与王瓜之类。但是否真实，却无从知道，因为我从未听见有人实验过。

读书也有“忌”，不过与“食忌”稍不同。这就是某一类书决不能和某一类书同看，否则两者中之一必被克杀，或者至少使读者反而发生愤怒。例如现在正在盛行提倡的明人小品，有些篇的确是空灵的。枕边厕上，车里舟中，这真是一种极好的消遣品。然而先要读者的心里空空洞洞，混混茫茫。假如曾经看过

《明季稗史》,《痛史》，或者明末遗民的著作，那结果可就不同了，这两者一定要打起仗来，非打杀其一不止。我自以为因此很了解了那些憎恶明人小品的论者的心情。

这几天偶然看见一部屈大均的《翁山文外》，其中有一篇戊申（即清康熙七年）八月做的《自代北入京记》。他的文笔，岂在中郎之下呢？可是很有些地方是极有重量的，抄几句在这里——

“……沿河行，或渡或否。往往见西夷毡帐，高低不一，所谓穹庐连属，如冈如阜者。男妇皆蒙古语；有卖干湿酪者，羊马者，牦皮者，卧两骆驼中者，坐奚车者，不鞍而骑者，三两而行，被戒衣，或红或黄，持小铁轮，念‘金刚秽咒’者。其首顶一柳筐，以盛马粪及木炭者，则皆中华女子。皆盘头跣足，垢面，反被毛袄。人与牛羊相枕藉，腥膻之气，百余里不绝。……”

我想，如果看过这样的文章，想像过这样的情景，又没有完全忘记，那么，虽是中郎的《广庄》或《瓶史》，也断不能洗清积愤的，而且还要增加愤怒。因为这实在比中郎时代的他们互相标榜还要坏，他们还没有经历过扬州十日，嘉定三屠！

明人小品，好的；语录体也不坏，但我看《明季稗史》之类和明末遗民的作品却实在还要好，现在也正到了标点，翻印的时候了：给大家来清醒一下。

（十一月二十五日。）

随便翻翻

我想讲一点我的当作消闲的读书——随便翻翻。但如果弄得不好，会受害也说不定的。

我最初去读书的地方是私塾，第一本读的是《鉴略》，桌上除了这一本书和习字的描红格，对字（这是做诗的准备）的课本之外，不许有别的书。但后来竟也慢慢的认识字了，一认识字，对于书就发生了兴趣，家里原有两三箱破烂书，于是翻来翻去，大目的是找图画看，后来也看看文字。这样就成了习惯，书在手头，不管它是什么，总要拿来翻一下，或者看一遍序目，或者读几叶内容，到得现在，还是如此，不用心，不费力，往往在作文或看非看不可的书籍之后，觉得疲劳的时候，也拿这玩意来作消遣了，而且它也的确能够恢复疲劳。

倘要骗人，这方法很可以冒充博雅。现在有一些老实人，和我闲谈之后，常说我书是看得很多的，略谈一下，我也的确好象书看得很多，殊不知就为了常常随手翻翻的缘故，却并没有本本细看。还有一种很容易到手的秘本，是《四库书目提要》，倘还怕繁，那么，《简明目录》也可以，这可要细看，它能做成你好象看过许多书。不过我也曾用过正经工夫，如什么“国学”之类，请过先生指教，留心过学者所开的参考书目。结果都不满意。有些书目开得太多，要十来年才能看完，我还疑心他自己就没有看；只开几部的较好，可是这须看这位开书目的先生了，如果他是一位胡涂虫，那么，开出来的几部一定也是极顶胡涂书，不看还好，一看就胡涂。

我并不是说，天下没有指导后学看书的先生，有是有的，不过很难得。

这里只说我消闲的看书——有些正经人是反对的，以为这么一来，就“杂”！“杂”，现在又算是很坏的形容词。但我以为也有好处。譬如我们看一家的陈年账簿，每天写着“豆付三文，青菜十文，鱼五十文，酱油一文”，就知先前这几个钱就可买一天的小菜，吃够一家；看一本旧历本，写着“不宜出行，不宜沐浴，不宜上梁”，就知道先前是有这么多的禁忌。看见了宋人笔记里的“食菜事魔”，明人笔记里的“十彪五虎”，就知道“哦呵，原来‘古已有之’”。但看完一部书，都是些那时的名人轶事，某将军每餐要吃三十八碗饭，某先生体重一百七十五斤半；或是奇闻怪事，某村雷劈蜈蚣精，某妇产生人面蛇，毫无益处的也有。这时可得自己有主意了，知道这是帮闲文士所做的书。凡帮闲，他能令人消闲消得最坏，他用的是最坏的方法。倘不小心，被他诱过去，那就坠入陷阱，后来满脑子是某将军的饭量，某先生的体重，蜈蚣精和人面蛇了。

讲扶乩的书，讲婊子的书，倘有机会遇见，不要皱起眉头，显示憎厌之状，也可以翻一翻；明知道和自己意见相反的书，已经过时的书，也用一样的办法。例如杨先生的《不得已》是清初的著作，但看起来，他的思想是活着的，现在意见和他相近的人们正多得很。这也有一点危险，也就是怕被它诱过去。治法是多翻，翻来翻去，一多翻，就有比较，比较是医治受骗的好方子。乡下人常常误认一种硫化铜为金矿，空口是和他说不明白的，或者他还会赶紧藏起来，疑心你要白骗他的宝贝。但如果遇到一点真的金矿，只要用手掂一掂轻重，他就死心塌地：明白了。

“随便翻翻”是用各种别的矿石来比的方法，很费事，没有用真的金矿来比的明白，简单。我看现在青年的常在问人该读什么书，就是要看一看真金，免得受硫化铜的欺骗。而且一识得真金，一面也就真的识得了硫化铜，一举两得了。

但这样的好东西，在中国现有的书里，却不容易得到。我回忆自己的得到一点知识，真是苦得可怜。幼小时候，我知道中国在“盘古氏开辟天地”之后，有三皇五帝、……宋朝，元朝，明朝，“我大清”。到二十岁，又听说“我们”的成吉思汗征服欧洲，是“我们”最阔气的时代。到二十五岁，才知道所谓这“我们”最阔气的时代，其实是蒙古人征服了中国，我们做了奴才。直到今年八月里，因为要查一点故事，翻了三部蒙古史，这才明白蒙古人的征服“斡罗思”，侵入匈奥，还在征服全中国之前，那时的成吉思还不是我们的汗，倒是俄人被奴的资格比我们老，应该他们说“我们的成吉思汗征服中国，是我们最阔气的时代”的。

我久不看现行的历史教科书了，不知道里面怎么说；但在报章杂志上，却有时还看见以成吉思汗自豪的文章。事情早已过去了，原没有什么大关系，但也许正有着大关系，而且无论如何，总是说些真实的好。所以我想，无论是学文学的，学科学的，他应该先看一部关于历史的简明而可靠的书。但如果他专讲天王星，或海王星，虾蟆的神经细胞，或只咏梅花，叫妹妹，不发关于社会的议论，那么，自然，不看也可以的。

我自己，是因为懂一点日本文，在用日译本《世界史教程》和新出的《中国社会史》应应急的，都比我历来所见的历史书类说得明确。前一种中国曾有译本，但只有一本，后五本不译了，译得怎样，因为没有见过，不知道，后一种中国倒先有译本，叫作《中国社会发展史》，不过据日译者说，是多错误，有删节，靠不住的。

我还在希望中国有这两部书。又希望不要一哄而来，一哄而散，要译，就译他完；也不要删节，要删节，就得声明，但最好还是译得小心，完全，替作者和读者想一想。

（十一月二日。）

经验

古人所传授下来的经验，有些实在是极可宝贵的，因为它曾经费去许多牺牲，而留给后人很大的益处。

偶然翻翻《本草纲目》，不禁想起了这一点。这一部书，是很普通的书，但里面却含有丰富的宝藏。自然，捕风捉影的记载，也是在所不免的，然而大部分的药品的功用，却由历久的经验，这才能够知道到这程度，而尤其惊人的是关于毒药的叙述。我们一向喜欢恭维古圣人，以为药物是由一个神农皇帝独自尝出来的，他曾经一天遇到过七十二毒，但都有解法，没有毒死。这种传说，现在不能主宰人心了，人们大抵已经知道一切文物，都是历来的无名氏所逐渐的造成。建筑，烹饪，渔猎，耕种，无不如此；医药也如此。这么一想，这事情可就大起来了：大约古人一有病，最初只好这样尝一点，那样尝一点，吃了毒的就死，吃了不相干的就无效，有的竟吃到了对证的就好起来，于是知道这是对于某一种病痛的药。这样地累积下去，乃有草创的纪录，后来渐成为庞大的书，如《本草纲目》就是。而且这书中的所记，又不独是中国的，还有阿剌伯人的经验，有印度人的经验，则先前所用的牺牲之大，更可想而知了。

然而也有经过许多人经验之后，倒给了后人坏影响的，如俗语说“各人自扫门前雪，莫管他家瓦上霜”的便是其一。救急扶伤，一不小心，向来就很容易被人所诬陷，而还有一种坏经验的结果的歌诀，是“衙门八字开，有理无钱莫进来”，于是人们就只要事不干己，还是远远的站开干净。我想，人们在社会里，当初是并不这样彼此漠不相关的，但因豺狼当道，事实上因此出过许多牺牲，后来就自然的都走到这条道路上去了。所以，在中国，尤其是在都市里，倘使路上有暴病倒地，或翻车摔伤的人，路人围观或甚至于高兴的人尽有，肯伸手来扶助一下的人却是极少的。这便是牺牲所换来的坏处。

总之，经验的所得的结果无论好坏，都要很大的牺牲，虽是小事情，也免不掉要付惊人的代价。例如近来有些看报的人，对于什么宣言，通电，讲演，谈话之类，无论它怎样骈四俪六，崇论宏议，也不去注意了，甚而还至于不但不注意，看了倒不过做做嘻笑的资料。这那里有“始制文字，乃服衣裳”一样重要呢，然而这一点点结果，却是牺牲了一大片地面，和许多人的生命财产换来的。生命，那当然是别人的生命，倘是自己，就得不着这经验了。所以一切经验，是只有活人才能有的，我的决不上别人讥刺我怕死，就去自杀或拼命的当，而必须写出这一点来，就为此。而且这也是小小的经验的结果。

（六月十二日。）

古书中寻活字汇

罗怃

古书中寻活字汇，是说得出，做不到的，他在那古书中，寻不出一个活字汇。

假如有“可看《文选》的青年”在这里，就是高中学生中的几个罢，他翻开《文选》来，一心要寻活字汇，当然明知道那里面有些字是已经死了的。然而他怎样分别那些字的死活呢？大概只能以自己的懂不懂为标准。但是，看了六臣注之后才懂的字不能算，因为这原是死尸，由六臣背进他脑里，这才算是活人的，在他脑里即使复活了，在未“可看《文选》的青年”的眼前却还是死家伙。所以他必须看白文。

诚然，不看注，也有懂得的，这就是活字汇。然而他怎会先就懂得的呢？这一定是曾经在别的书上看见过，或是到现在还在应用的字汇，所以他懂得。那么，从一部《文选》里，又寻到了什么？

然而施先生说，要描写宫殿之类的时候有用处。这很不错，《文选》里有许多赋是讲到宫殿的，并且有什么殿的专赋。倘有青年要做汉、晋的历史小说，描写那时的宫殿，找《文选》是极应该的，还非看《四史》、《晋书》之类不可。然而所取的僻字也不过将死尸抬出来，说得神秘点便名之曰“复活”。如果要描写的是清故宫，那可和《文选》的瓜葛就极少了。

倘使连清故宫也不想描写，而豫备工夫却用得这么广泛，那实在是徒劳而仍不足。因为还有《易经》和《仪礼》，里面的字汇，在描写周朝的卜课和婚丧大事时候是有用处的，也得作为“文学修养之根基”，这才更像“文学青年”的样子。

（十一月六日。）

名人和名言

《太白》二卷七期上有一篇南山先生的《保守文言的第三道策》，他举出：第一道是说“要做白话由于文言做不通”，第二道是说“要白话做好，先须文言弄通”。十年之后，才来了太炎先生的第三道，“他以为你们说文言难，白话更难。理由是现在的口头语，有许多是古语，非深通小学就不知道现在口头语的某音，就是古代的某音，不知道就是古代的某字，就要写错。……”

太炎先生的话是极不错的。现在的口头语，并非一朝一夕，从天而降的语言，里面当然有许多是古语，既有古语，当然会有许多曾见于古书，如果做白话的人，要每字都到《说文解字》里去找本字，那的确比做任用借字的文言要难到不知多少倍。然而自从提倡白话以来，主张者却没有一个以为写白话的主旨，是在从“小学”里寻出本字来的，我们就用约定俗成的借字。诚然，如太炎先生说：“乍见熟人而相寒暄曰‘好呀’，‘呀’即‘乎’字；应人之称曰‘是唉’，‘唉’即‘也’字。”但我们即使知道了这两字，也不用“好乎”或“是也”，还是用“好呀”或“是唉”。因为白话是写给现代的人们看，并非写给商、周、秦、汉的鬼看的，起古人于地下，看了不懂，我们也毫不畏缩。所以太炎先生的第三道策，其实是文不对题的。这缘故，是因为先生把他所专长的小学，用得范围太广了。

我们的知识很有限，谁都愿意听听名人的指点，但这时就来了一个问题：听博识家的话好，还是听专门家的话好呢？解答似乎很容易：都好。自然都好；但我由历听了两家的种种指点以后，却觉得必须有相当的警戒。因为是：博识家的话多浅，专门家的话多悖的。

博识家的话多浅，意义自明，惟专门家的话多悖的事，还得加一点申说。他们的悖，未必悖在讲述他们的专门，是悖在倚专家之名，来论他所专门以外的事。社会上崇敬名人，于是以为名人的话就是名言，却忘记了他之所以得名是那一种学问或事业。名人被崇奉所诱惑，也忘记了自己之所以得名是那一种学问或事业，渐以为一切无不胜人，无所不谈，于是乎就悖起来了。其实，专门家除了他的专长之外，许多见识是往往不及博识家或常识者的。太炎先生是革命的先觉，小学的大师，倘谈文献，讲《说文》，当然娓娓可听，但一到攻击现在的白话，便牛头不对马嘴，即其一例。还有江亢虎博士，是先前以讲社会主义出名的名人，他的社会主义到底怎么样呢，我不知道。只是今年忘其所以，谈到小学，说"'德'之古字为'悳'，从'直'从'心'，'直'即直觉之意"，却真不知道悖到那里去了，他竟连那上半并不是曲直的直字这一点都不明白。这种解释，却须听太炎先生了。

不过在社会上，大概总以为名人的话就是名言，既是名人，也就无所不通，无所不晓。所以译一本欧洲史，就请英国话说得漂亮的名人校阅，编一本经济学，又乞古文做得好的名人题签；学界的名人绍介医生，说他“术擅岐、黄”，商界的名人称赞画家，说他“精研六法”。……

这也是一种现在的通病。德国的细胞病理学家维尔晓（Virschow），是医学界的泰斗，举国皆知的名人，在医学史上的位置，是极为重要的，然而他不相信进化论，他那被教徒所利用的几回讲演，据赫克尔（Haeckel）说，很给了大众不少坏影响。因为他学问很深，名甚大，于是自视甚高，以为他所不解的，此后也无人能解，又不深研进化论，便一口归功于上帝了。现在中国屡经绍介的法国昆虫学大家法布耳（Fabre），也颇有这倾向。他的著作还有两种缺点：一是嗤笑解剖学家，二是用人类道德于昆虫界。但倘无解剖，就不能有他那样精到的观察，因为观察的基础，也还是解剖学；农学者根据对于人类的利害，分昆虫为益虫和害虫，是有理可说的，但凭了当时的人类的道德和法律，定昆虫为善虫或坏虫，却是多余了。有些严正的科学者，对于法布耳的有微词，实也并非无故。但倘若对这两点先加警戒，那么，他的大著作《昆虫记》十卷，读起来也还是一部很有趣，也很有益的书。

不过名人的流毒，在中国却较为利害，这还是科举的余波。那时候，儒生在私塾里揣摩高头讲章，和天下国家何涉，但一登第，真是“一举成名天下知”，他可以修史，可以衡文，可以临民，可以治河；到清朝之末，更可以办学校，开煤矿，练新军，造战舰，条陈新政，出洋考察了。成绩如何呢，不待我多说。

这病根至今还没有除，一成名人，便有“满天飞”之概。我想，自此以后，我们是应该将“名人的话”和“名言”分开来的，名人的话并不都是名言；许多名言，倒出自田夫野老之口。这也就是说，我们应该分别名人之所以名，是由于那一门，而对于他的专门以外的纵谈，却加以警戒。苏州的学子是聪明的，他们请太炎先生讲国学，却不请他讲簿记学或步兵操典，——可惜人们却又不肯想得更细一点了。

我很自歉这回时时涉及了太炎先生。但“智者千虑，必有一失”，这大约也无伤于先生的“日月之明”

的。至于我的所说，可是我想，“愚者千虑，必有一得”，盖亦“悬诸日月而不刊”之论也。

（七月一日。）

门外文谈

一　开头

听说今年上海的热，是六十年来所未有的。白天出去混饭，晚上低头回家，屋子里还是热，并且加上蚊子，这时候，只有门外是天堂。因为海边的缘故罢，总有些风，用不着挥扇。虽然彼此有些认识，却不常见面的寓在四近的亭子间或搁楼里的邻人也都坐出来了，他们有的是店员，有的是书局里的校对员，有的是制图工人的好手。大家都已经做得筋疲力尽，叹着苦，但这时总还算有闲的，所以也谈闲天。

闲天的范围也并不小：谈旱灾，谈求雨，谈吊膀子，谈三寸怪人干，谈洋米，谈裸腿，也谈古文，谈白话，谈大众语。因为我写过几篇白话文，所以关于古文之类他们特别要听我的话，我也只好特别说的多。这样的过了两三夜，才给别的话岔开，也总算谈完了。不料过了几天之后，有几个还要我写出来。

他们里面，有的是因为我看过几本古书，所以相信我的，有的是因为我看过一点洋书，有的又因为我看古书也看洋书；但有几位却因此反不相信我，说我是蝙蝠。我说到古文，他就笑道，你不是唐、宋八大家，能信么？我谈到大众语，他又笑道：你又不是劳苦大众，讲什么海话呢？

这也是真的。我们讲旱灾的时候，就讲到一位老爷下乡查灾，说有些地方是本可以不成灾的，现在成灾，是因为农民懒，不戽水。但一种报上，却记着一个六十老翁，因儿子戽水乏力而死，灾象如故，无路可走，自杀了。老爷和乡下人，意见是真有这么的不同的。那么，我的夜谈，恐怕也终不过是一个门外闲人的空话罢了。

飓风过后，天气也凉爽了一些，但我终于照着希望我写的几个人的希望，写出来了，比口语简单得多，大致却无异，算是抄给我们一流人看的。当时只凭记忆，乱引古书，说话是耳边风，错点不打紧，写在纸上，却使我很踌躇，但自己又苦于没有原书可对，这只好请读者随时指正了。

一九三四年，八月十六夜，写完并记。

二　字是什么人造的?

字是什么人造的?

我们听惯了一件东西，总是古时候一位圣贤所造的故事，对于文字，也当然要有这质问。但立刻就有忘记了来源的答话：字是仓颉造的。

这是一般的学者的主张，他自然有他的出典。我还见过一幅这位仓颉的画像，是生着四只眼睛的老头陀。可见要造文字，相貌先得出奇，我们这种只有两只眼睛的人，是不但本领不够，连相貌也不配的。

然而做《易经》的人（我不知道是谁），却比较的聪明，他说：“上古结绳而治，后世圣人易之以书契。”他不说仓颉，只说“后世圣人”，不说创造，只说掉换，真是谨慎得很；也许他无意中就不相信古代会有一个独自造出许多文字来的人的了，所以就只是这么含含胡胡的来一句。

但是，用书契来代结绳的人，又是什么脚色呢？文学家？不错，从现在的所谓文学家的最要卖弄文字，夺掉笔杆便一无所能的事实看起来，的确首先就要想到他；他也的确应该给自己的吃饭家伙出点力。然而并不是的。有史以前的人们，虽然劳动也唱歌，求爱也唱歌，他却并不起草，或者留稿子，因为他做梦也想不到卖诗稿，编全集，而且那时的社会里，也没有报馆和书铺子，文字毫无用处。据有些学者告诉我们的话来看，这在文字上用了一番工夫的，想来该是史官了。

原始社会里，大约先前只有巫，待到渐次进化，事情繁复了，有些事情，如祭祀，狩猎，战争……之类，渐有记住的必要，巫就只好在他那本职的“降神”之外，一面也想法子来记事，这就是“史”的开头。况且

"升中于天"，他在本职上，也得将记载酋长和他的治下的大事的册子，烧给上帝看，因此一样的要做文章——虽然这大约是后起的事。再后来，职掌分得更清楚了，于是就有专门记事的史官。文字就是史官必要的工具，古人说："仓颉，黄帝史。"第一句未可信，但指出了史和文字的关系，却是很有意思的。至于后来的"文学家"用它来写"阿呀呀，我的爱哟，我要死了！"那些佳句，那不过是享享现成的罢了，"何足道哉"！

三　字是怎么来的?

照《易经》说，书契之前明明是结绳；我们那里的乡下人，碰到明天要做一件紧要事，怕得忘记时，也常常说："裤带上打一个结！"那么，我们的古圣人，是否也用一条长绳，有一件事就打一个结呢？恐怕是不行的。只有几个结还记得，一多可就糟了。或者那正是伏羲皇上的"八卦"之流，三条绳一组，都不打结是"乾"，中间各打一结是"坤"罢？恐怕也不对。

八组尚可，六十四组就难记，何况还会有五百十二组呢。只有在秘鲁还有存留的“打结字”（Quippus），用一条横绳，挂上许多直绳，拉来拉去的结起来，网不像网，倒似乎还可以表现较多的意思。我们上古的结绳，恐怕也是如此的罢。但它既然被书契掉换，又不是书契的祖宗，我们也不妨暂且不去管它了。

夏禹的“岣嵝碑”，是道士们假造的；现在我们能在实物上看见的最古的文字，只有商朝的甲骨和钟鼎文。但这些，都已经很进步了，几乎找不出一个原始形态。只在铜器上，有时还可以看见一点写实的图形，如鹿，如象，而从这图形上，又能发见和文字相关的线索：中国文字的基础是“象形”。

画在西班牙的亚勒泰米拉（Altamira）洞里的野牛，是有名的原始人的遗迹，许多艺术史家说，这正是“为艺术的艺术”，原始人画着玩玩的。但这解释未免过于“摩登”，因为原始人没有十九世纪的文艺家那么有闲，他的画一只牛，是有缘故的，为的是关于野牛，或者是猎取野牛，禁咒野牛的事。现在上海墙壁上的香烟和电影的广告画，尚且常有人张着嘴巴看，在少见多怪的原始社会里，有了这么一个奇迹，那轰动一时，就可想而知了。他们一面看，知道了野牛这东西，原来可以用线条移在别的平面上，同时仿佛也认识了一个“牛”字，一面也佩服这作者的才能，但没有人请他作自传赚钱，所以姓氏也就湮没了。但在社会里，仓颉也不止一个，有的在刀柄上刻一点图，有的在门户上画一些画，心心相印，口口相传，文字就多起来，史官一采集，便可以敷衍记事了。中国文字的由来，恐怕也逃不出这例子的。

自然，后来还该有不断的增补，这是史官自己可以办到的，新字夹在熟字中，又是象形，别人也容易推测到那字的意义。直到现在，中国还在生出新字来。但是，硬做新仓颉，却要失败的，吴的朱育，唐的武则天，都曾经造过古怪字，也都白费力。现在最会造字的是中国化学家，许多原质和化合物的名目，很不容易认得，连音也难以读出来了。老实说，我是一看见就头痛的，觉得远不如就用万国通用的拉丁名来得爽快，如果二十来个字母都认不得，请恕我直说：那么，化学也大抵学不好的。

四　写字就是画画

《周礼》和《说文解字》上都说文字的构成法有六种，这里且不谈罢，只说些和“象形”有关的东西。

象形，“近取诸身，远取诸物”，就是画一只眼睛是“目”，画一个圆圈，放几条毫光是“日”，那自然很明白，便当的。但有时要碰壁，譬如要画刀口，怎么办呢？不画刀背，也显不出刀口来，这时就只好别出心裁，在刀口上加一条短棍，算是指明“这个地方”的意思，造了“刃”。这已经颇有些办事棘手的模样了，何况还有无形可象的事件，于是只得来“象事”，也叫作“会意”。一只手放在树上是“采”，一颗心放在屋子和饭碗之间是“寍”，有吃有住，安寍了。但要写“寧可”的寧，却又得在碗下面放一条线，表明这不过是用了“寍”的声音的意思。“会意”比“象形”更麻烦，它至少要画两样。如“寶”字，则要画一个屋顶，一串玉，一个缶，一个貝，计四样；我看“缶”字还是杵臼两形合成的，那么一共有五样。单单为了寶这一个字，就很要破费些工夫。

不过还是走不通，因为有些事物是画不出，有些事物是画不来，譬如松柏，叶样不同，原是可以分出来的，但写字究竟是写字，不能像绘画那样精工，到底还是硬挺不下去。来打开这僵局的是“谐声”，意义和形象离开了关系。这已经是“记音”了，所以有人说，这是中国文字的进步。不错，也可以说是进步，然而那基础也还是画画儿。例如“菜，从草，采声”，画一窠草，一个爪，一株树：三样；“海，从水，每声”，画一条河，一位戴帽（？）的太太，也三样。总之：如果要写字，就非永远画画不成。

但古人是并不愚蠢的，他们早就将形象改得简单，远离了写实。篆字圆折，还有图画的余痕，从隶书到现在的楷书，和形象就天差地远。不过那基础并未改变，天差地远之后，就成为不象形的象形字，写起来虽然比较的简单，认起来却非常困难了，要凭空一个一个的记住。而且有些字，也至今并不简单，例如“鸞”或“鑿”，去叫孩子写，非练习半年六月，是很难写在半寸见方的格子里面的。

还有一层，是“谐声”字也因为古今字音的变迁，很有些和“声”不大“谐”的了。现在还有谁读“滑”为“骨”，读“海”为“每”呢？

古人传文字给我们，原是一份重大的遗产，应该感谢的。但在成了不象形的象形字，不十分谐声的谐声字的现在，这感谢却只好踌躕一下了。

五　古时候言文一致么？

到这里，我想来猜一下古时候言文是否一致的问题。

对于这问题，现在的学者们虽然并没有分明的结论，但听他口气，好象大概是以为一致的；越古，就越一致。不过我却很有些怀疑，因为文字愈容易写，就愈容易写得和口语一致，但中国却是那么难画的象形字，也许我们的古人，向来就将不关重要的词摘去了的。

《书经》有那么难读，似乎正可作照写口语的证据，但商周人的的确的口语，现在还没有研究出，还要繁也说不定的。至于周秦古书，虽然作者也用一点他本地的方言，而文字大致相类，即使和口语还相近罢，用的也是周秦白话，并非周秦大众语。汉朝更不必说了，虽是肯将《书经》里难懂的字眼，翻成今字的司马迁，也不过在特别情况之下，采用一点俗语，例如陈涉的老朋友看见他为王，惊异道：“夥颐，涉之为王沈沈者”，而其中的“涉之为王”四个字，我还疑心太史公加过修剪的。

那么，古书里采录的童谣，谚语，民歌，该是那时的老牌俗语罢。我看也很难说。中国的文学家，是颇有爱改别人文章的脾气的。最明显的例子是汉民间的《淮南王歌》，同一地方的同一首歌，《汉书》和《前汉纪》记的就两样。

一面是——

一尺布，尚可缝；
一斗粟，尚可舂。
兄弟二人，不能相容。

一面却是——

一尺布，暖童童；

一斗粟，饱蓬蓬。

兄弟二人不相容。

比较起来，好象后者是本来面目，但已经删掉了一些也说不定的：只是一个提要。后来宋人的语录，话本，元人的杂剧和传奇里的科白，也都是提要，只是它用字较为平常，删去的文字较少，就令人觉得“明白如话”了。

我的臆测，是以为中国的言文，一向就并不一致的，大原因便是字难写，只好节省些。当时的口语的摘要，是古人的文；古代的口语的摘要，是后人的古文。所以我们的做古文，是在用了已经并不象形的象形字，未必一定谐声的谐声字，在纸上描出今人谁也不说，懂的也不多的，古人的口语的摘要来。你想，这难不难呢？

六　于是文章成为奇货了

文字在人民间萌芽，后来却一定为特权者所收揽。据《易经》的作者所推测，“上古结绳而治”，则连结绳就已是治人者的东西。待到落在巫史的手里的时候，更不必说了，他们都是酋长之下，万民之上的人。社会改变下去，学习文字的人们的范围也扩大起来，但大抵限于特权者。至于平民，那是不识字的，并非缺少学费，只因为限于资格，他不配。而且连书籍也看不见。中国在刻版还未发达的时候，有一部好书，往往是“藏之秘阁，副在三馆”，连做了士子，也还是不知道写着什么的。

因为文字是特权者的东西，所以它就有了尊严性，并且有了神秘性。中国的字，到现在还很尊严，我们在墙壁上，就常常看见挂着写上“敬惜字纸”的篓子；至于符的驱邪治病，那就靠了它的神秘性的。文字既然含着尊严性，那么，知道文字，这人也就连带的尊严起来了。新的尊严者日出不穷，对于旧的尊严者就不利，而且知道文字的人们一多，也会损伤神秘性的。符的威力，就因为这好象是字的东西，除道士以外，谁也不认识的缘故。所以，对于文字，他们一定要把持。

欧洲中世，文章学问，都在道院里；克罗蒂亚（Kroatia），是到了十九世纪，识字的还只有教士的，人民的口语，退步到对于旧生活刚够用。他们革新的时候，就只好从外国借进许多新语来。

我们中国的文字，对于大众，除了身分，经济这些限制之外，却还要加上一条高门槛：难。单是这条门槛，倘不费他十来年工夫，就不容易跨过。跨过了的，就是士大夫，而这些士大夫，又竭力的要使文字更加难起来，因为这可以使他特别的尊严，超出别的一切平常的士大夫之上。汉朝的扬雄的喜欢奇字，就有这毛病的，刘歆想借他的《方言》稿子，他几乎要跳黄浦。唐朝呢，樊宗师的文章做到别人点不断，李贺的诗做到别人看不懂，也都为了这缘故。还有一种方法是将字写得别人不认识，下焉者，是从《康熙字典》上查出几个古字来，夹进文章里面去；上焉者是钱坫的用篆字来写刘熙的《释名》，最近还有钱玄同先生的照《说文》字样给太炎先生抄《小学答问》。

文字难，文章难，这还都是原来的；这些上面，又加以士大夫故意特制的难，却还想它和大众有缘，怎么办得到。但士大夫们也正愿其如此，如果文字易识，大家都会，文字就不尊严，他也跟着不尊严了。说白话不如文言的人，就从这里出发的；现在论大众语，说大众只要教给“千字课”就够的人，那意思的根柢也还是在这里。

七　不识字的作家

用那么艰难的文字写出来的古语摘要，我们先前也叫“文”，现在新派一点的叫“文学”，这不是从“文学子游子夏”上割下来的，是从日本输入，他们的对于英文 Literature 的译名。会写写这样的“文”的，现在是写白话也可以了，就叫作“文学家”，或者叫“作家”。

文学的存在条件首先要会写字，那么，不识字的文盲群里，当然不会有文学家的了。然而作家却有的。你们不要太早的笑我，我还有话说。我想，人类是在未有文字之前，就有了创作的，可惜没有人记下，也没有法子记下。我们的祖先的原始人，原是连话也不会说的，为了共同劳作，必需发表意见，才渐渐的练出复杂的声音来，假如那时大家抬木头，都觉得吃力了，却想不到发表，其中有一个叫道“杭育杭育”，那么，这就是创作；大家也要佩服，应用的，这就等于出版；倘若用什么记号留存了下来，这就是文学；他当然就是作家，也是文学家，是“杭育杭育派”。不要笑，这作品确也幼稚得很，但古人不及今人的地方是很多的，这正是其一。就是周朝的什么“关关雎鸠，在河之洲，窈窕淑女，君子好逑”罢，它是《诗经》里的头一篇，所以吓得我们只好磕头佩服，假如先前未曾有过这样的一篇诗，现在的新诗人用这意思做一首白话诗，到无论什么副刊上去投稿试试罢，我看十分之九是要被编辑者塞进字纸篓去的。“漂亮的好小姐呀，是少爷的好一对儿！”什么话呢？

就是《诗经》的《国风》里的东西，好许多也是不识字的无名氏作品，因为比较的优秀，大家口口相传的。王官们检出它可作行政上参考的记录了下来，此外消灭的正不知有多少。希腊人荷马——我们姑且当作有这样一个人——的两大史诗，也原是口吟，现存的是别人的记录。东晋到齐、陈的《子夜歌》和《读曲歌》之类，唐朝的《竹枝词》和《柳枝词》之类，原都是无名氏的创作，经文人的采录和润色之后，留传下来的。这一润色，留传固然留传了，但可惜的是一定失去了许多本来面目。到现在，到处还有民谣，山歌，渔歌等，这就是不识字的诗人的作品；也传述着童话和故事，这就是不识字的小说家的作品；他们，就都是不识字的作家。

但是，因为没有记录作品的东西，又很容易消灭，流布的范围也不能很广大，知道的人们也就很少了。偶有一点为文人所见，往往倒吃惊，吸入自己的作品中，作为新的养料。旧文学衰颓时，因为摄取民间文学或外国文学而起一个新的转变，这例子是常见于文学史上的。不识字的作家虽然不及文人的细腻，但他却刚健，清新。

要这样的作品为大家所共有，首先也就是要这作家能写字，同时也还要读者们能识字以至能写字，一句话：将文字交给一切人。

八　怎么交代？

将文字交给大众的事实，从清朝末年就已经有了的。

“莫打鼓，莫打锣，听我唱个太平歌……”是钦颁的教育大众的俗歌；此外，士大夫也办过一些白话报，但那主意，是只要大家听得懂，不必一定写得出。《平民千字课》就带了一点写得出的可能，但也只够记账，写信。倘要写出心里所想的东西，它那限定的字数是不够的。譬如牢监，的确是给了人一块地，不过它有限制，只能在这圈子里行立坐卧，断不能跑出设定了的铁栅外面去。

劳乃宣和王照他两位都有简字，进步得很，可以照音写字了。民国初年，教育部要制字母，他们俩都是会员，劳先生派了一位代表，王先生是亲到的，为了入声存废问题，曾和吴稚晖先生大战，战得吴先生肚子一凹，棉裤也落了下来。但结果总算几经斟酌，制成了一种东西，叫作“注音字母”。那时很有些人，以为可以替代汉字了，但实际上还是不行，因为它究竟不过简单的方块字，恰如日本的“假名”一样，夹上几个，或者注在汉字的旁边还可以，要它拜帅，能力就不够了。写起来会混杂，看起来要眼花。那时的会员们称它为“注音字母”，是深知道它的能力范围的。再看日本，他们有主张减少汉字的，有主张拉丁拼音的，但主张只用“假名”的却没有。

再好一点的是用罗马字拼法，研究得最精的是赵元任先生罢，我不大明白。用世界通用的罗马字拼起来——现在是连土耳其也采用了——一词一串，非常清晰，是好的。但教我似的门外汉来说，好象那拼法还太繁。要精密，当然不得不繁，但繁得很，就又变了“难”，有些妨碍普及了。最好是另有一种简而不陋的东西。

这里我们可以研究一下新的“拉丁化”法，《每日国际文选》里有一小本《中国语书法之拉丁化》，《世界》第二年第六七号合刊附录的一份《言语科学》，就都是绍介这东西的。价钱便宜，有心的人可以买来看。它只有二十八个字母，拼法也容易学。“人”就是 Rhen，“房子”就是 Fangz，“我吃果子”是 Wo ch goz，“他是工人”是 Tau sh gungrhen 。现在在华侨里实验，见了成绩的，还只是北方话。但我想，中国究竟还是讲北方话——不是北京话——的人们多，将来如果真有一种到处通行的大众语，那主力也恐怕还是北方话罢。为今之计，只要酌量增减一点，使它合于各该地方所特有的音，也就可以用到无论什么穷乡僻壤去了。

那么，只要认识二十八个字母，学一点拼法和写法，除懒虫和低能外，就谁都能够写得出，看得懂了。况且它还有一个好处，是写得快。美国人说，时间就是金钱；但我想：时间就是性命。无端的空耗别人的时间，其实是无异于谋财害命的。不过像我们这样坐着乘风凉，谈闲天的人们，可又是例外。

九　专化呢，普遍化呢？

到了这里，就又碰着了一个大问题：中国的言语，各处很不同，单给一个粗枝大叶的区别，就有北方话，江浙话，两湖川贵话，福建话，广东话这五种，而这五种中，还有小区别。现在用拉丁字来写，写普通话，还是写土话呢？要写普通话，人们不会；倘写土话，别处的人们就看不懂，反而隔阂起来，不及全国通行的汉字了。这是一个大弊病！

我的意思是：在开首的启蒙时期，各地方各写它的土话，用不着顾到和别地方意思不相通。当未用拉丁写法之前，我们的不识字的人们，原没有用汉字互通着声气，所以新添的坏处是一点也没有的。倒有新的益处，至少是在同一语言的区域里，可以彼此交换意见，吸收智识了——那当然，一面也得有人写些有益的书。问题倒在这各处的大众语文，将来究竟要它专化呢，还是普通化？

方言土语里，很有些意味深长的话，我们那里叫“炼话”，用起来是很有意思的，恰如文言的用古典，听者也觉得趣味津津。各就各处的方言，将语法和词汇，更加提炼，使他们发达上去的，就是专化。这于文学，是很有益处的，它可以做得比仅用泛泛的话头的文章更加有意思。但专化又有专化的危险。言语学我不知道，看生物，是一到专化，往往要灭亡的。未有人类以前的许多动植物，就因为太专化了，失其可变性，环境一改，无法应付，只好灭亡。——幸而我们人类还不算专化的动物，请你们不要愁。大众，是有文学，要文学的，但决不该为文学做牺牲，要不然，他的荒谬和为了保存汉字，要十分之八的中国人做文盲来殉难的活圣贤就并不两样。所以，我想，启蒙时候用方言，但一面又要渐渐的加入普通的语法和词汇去。先用固有的，是一地方的语文的大众化，加入新的去，是全国的语文的大众化。

几个读书人在书房里商量出来的方案，固然大抵行不通，但一切都听其自然，却也不是好办法。现在在码头上，公共机关中，大学校里，确已有着一种好象普通话模样的东西，大家说话，既非“国语”，又不是京话，各各带着乡音，乡调，却又不是方言，即使说的吃力，听的也吃力，然而总归说得出，听得懂。如果加以整理，帮它发达，也是大众语中的一支，说不定将来还简直是主力。我说要在方言里“加入新的去”，那“新的”的来源就在这地方。待到这一种出于自然，又加人工的话一普遍，我们的大众语文就算大致统一了。

此后当然还要做。年深月久之后，语文更加一致，和“炼话”一样好，比“古典”还要活的东西，也渐渐的形成，文学就更加精采了。马上是办不到的。你们想，国粹家当作宝贝的汉字，不是化了三四千年工夫，这才有这么一堆古怪成绩么？

至于开手要谁来做的问题，那不消说：是觉悟的读书人。有人说：“大众的事情，要大众自己来做！”那当然不错的，不过得看看说的是什么脚色。如果说的是大众，那有一点是对的，对的是要自己来，错的是推开了帮手。倘使说的是读书人呢，那可全不同了：他在用漂亮话把持文字，保护自己的尊荣。

十　不必恐慌

但是，这还不必实做，只要一说，就又使另一些人发生恐慌了。

首先是说提倡大众语文的，乃是“文艺的政治宣传员如宋阳之流”，本意在于造反。给戴上一顶有色帽，是极简单的反对法。不过一面也就是说，为了自己的太平，宁可中国有百分之八十的文盲。那么，倘使口头宣传呢，就应该使中国有百分之八十的聋子了。但这不属于“谈文”的范围，这里也无须多说。

专为着文学发愁的，我现在看见有两种。一种是怕大众如果都会读，写，就大家都变成文学家了。这真是怕天掉下来的好人。上次说过，在不识字的大众里，是一向就有作家的。我久不到乡下去了，先前是，农民们还有一点余闲，譬如乘凉，就有人讲故事。不过这讲手，大抵是特定的人，他比较的见识多，说话巧，能够使人听下去，懂明白，并且觉得有趣。这就是作家，抄出他的话来，也就是作品。倘有语言无味，偏爱多嘴的人，大家是不要听的，还要送给他许多冷话——讥刺。我们弄了几千年文言，十来年白话，凡是能写的人，何尝个个是文学家呢？即使都变成文学家，又不是军阀或土匪，于大众也并无害处的，不过彼此互看作品而已。

还有一种是怕文学的低落。大众并无旧文学的修养，比起士大夫文学的细致来，或者会显得所谓“低落”的，但也未染旧文学的痼疾，所以它又刚健，清新。无名氏文学如《子夜歌》之流，会给旧文学一种新力量，我先前已经说过了；现在也有人绍介了许多民歌和故事。还有戏剧，例如《朝花夕拾》所引《目连救母》里的无常鬼的自传，说是因为同情一个鬼魂，暂放还阳半日，不料被阎罗责罚，从此不再宽纵了——

“那怕你铜墙铁壁！
那怕你皇亲国戚！……”

何等有人情，又何等知过，何等守法，又何等果决，我们的文学家做得出来么？

这是真的农民和手业工人的作品，由他们闲中扮演。借目连的巡行来贯串许多故事，除《小尼姑下山》外，和刻本的《目莲救母记》是完全不同的。其中有一段《武松打虎》，是甲乙两人，一强一弱，扮着戏玩：先是甲扮武松，乙扮老虎；被甲打得要命，乙埋怨他了，甲道："你是老虎，不打，不是给你咬死了？"乙只得要求互换，却又被甲咬得要命，一说怨话，甲便道："你是武松，不咬，不是给你打死了？"我想：比起希腊的伊索，俄国的梭罗古勃的寓言来，这是毫无逊色的。

如果到全国的各处去收集，这一类的作品恐怕还很多。但自然，缺点是有的。是一向受着难文字，难文章的封锁，和现代思潮隔绝。所以，倘要中国的文化一同向上，就必须提倡大众语，大众文，而且书法更必须拉丁化。

十一　大众并不如读书人所想像的愚蠢

但是，这一回，大众语文刚一提出，就有些猛将趁势出现了，来路是并不一样的，可是都向白话，翻译，欧化语法，新字眼进攻。他们都打着“大众”的旗，说这些东西，都为大众所不懂，所以要不得。其中有的是原是文言余孽，借此先来打击当面的白话和翻译的，就是祖传的“远交近攻”的老法术；有的是本是懒惰分子，未尝用功，要大众语未成，白话先倒，让他在这空场上夸海口的，其实也还是文言文的好朋友，我都不想在这里多谈。现在要说的只是那些好意的，然而错误的人，因为他们不是看轻了大众，就是看轻了自己，仍旧犯着古之读书人的老毛病。

读书人常常看轻别人，以为较新，较难的字句，自己能懂，大众却不能懂，所以为大众计，是必须彻底扫荡的；说话作文，越俗，就越好。这意见发展开来，他就要不自觉的成为新国粹派。或则希图大众语文在大众中推行得快，主张什么都要配大众的胃口，甚至于说要“迎合大众”，故意多骂几句，以博大众的欢心。这当然自有他的苦心孤诣，但这样下去，可要成为大众的新帮闲的。

说起大众来，界限宽泛得很，其中包括着各式各样的人，但即使“目不识丁”的文盲，由我看来，其实也并不如读书人所推想的那么愚蠢。他们是要智识，要新的智识，要学习，能摄取的。当然，如果满口新语法，新名词，他们是什么也不懂；但逐渐的检必要的灌输进去，他们却会接受；那消化的力量，也许还赛过成见更多的读书人。初生的孩子，都是文盲，但到两岁，就懂许多话，能说许多话了，这在他，全部是新名词，新语法。他哪里是从《马氏文通》或《辞源》里查来的呢，也没有教师给他解释，他是听过几回之后，从比较而明白了意义的。大众的会摄取新词汇和语法，也就是这样子，他们会这样的前进。所以，新国粹派的主张，虽然好象为大众设想，实际上倒尽了拖住的任务。不过也不能听大众的自然，因为有些见识，他们究竟还在觉悟的读书人之下，如果不给他们随时拣选，也许会误拿了无益的，甚而至于有害的东西。所以，“迎合大众”的新帮闲，是绝对的要不得的。

由历史所指示，凡有改革，最初，总是觉悟的智识者的任务。但这些智识者，却必须有研究，能思索，有决断，而且有毅力。他也用权，却不是骗人，他利导，却并非迎合。他不看轻自己，以为是大家的戏子，也不看轻别人，当作自己的喽罗。他只是大众中的一个人，我想，这才可以做大众的事业。

十二　煞尾

话已经说得不少了。总之，单是话不行，要紧的是做。要许多人做：大众和先驱；要各式的人做：教育家，文学家，言语学家……。这已经迫于必要了，即使目下还有点逆水行舟，也只好拉纤；顺水固然好得很，然而还是少不得把舵的。

这拉纤或把舵的好方法，虽然也可以口谈，但大抵得益于实验，无论怎么看风看水，目的只是一个：向前。

各人大概都有些自己的意见，现在还是给我听听你们诸位的高论罢。

点句的难

张沛

看了《袁中郎全集校勘记》，想到了几句不关重要的话，是：断句的难。

前清时代，一个塾师能够不查他的秘本，空手点完了《四书》，在乡下就要算一位大学者，这似乎有些可笑，但是很有道理的。常买旧书的人，有时会遇到一部书，开首加过句读，夹些破句，中途却停了笔：他点不下去了。这样的书，价钱可以比干净的本子便宜，但看起来也真教人不舒服。

标点古书，印了出来，是起于“文学革命”时候的；用标点古文来试验学生，我记得好象是同时开始于北京大学，这真是恶作剧，使“莘莘学子”闹出许多笑话来。

这时候，只好一任那些反对白话，或并不反对白话而兼长古文的学者们讲风凉话。然而，学者们也要“技痒”的，有时就自己出手。一出手，可就有些糟了，有几句点不断，还有可原，但竟连极平常的句子也点了破句。

古文本来也常常不容易标点，譬如《孟子》里有一段，我们大概是这样读法的：“有冯妇者，善搏虎，卒为善士。则之野，有众逐虎。虎负嵎，莫之敢撄。望见冯妇，趋而迎之。冯妇攘臂下车，众皆悦之，其为士者笑之。”但也有人说应该断为“卒为善，士则之，野有众逐虎……”的。这“笑”他的“士”，就是先前“则”他的“士”，要不然，“其为士”就太鹘突了。但也很难决定究竟是那一面对。

不过倘使是调子有定的词曲，句子相对的骈文，或并不艰深的明人小品，标点者又是名人学士，还要闹出一些破句，可未免令人不遭蚊子叮，也要起疙瘩了。嘴里是白话怎么坏，古文怎么好，一动手，对古文就点了破句，而这古文又是他正在竭力表扬的古文。破句，不就是看不懂的分明的标记么？说好说坏，又从那里来的？

标点古文真是一种试金石，只消几点几圈，就把真颜色显出来了。

但这事还是不要多谈好，再谈下去，我怕不久会有更高的议论，说标点是“随波逐流”的玩意，有损“性灵”，应该排斥的。

（十月二日。）

“看图识字”

凡一个人，即使到了中年以至暮年，倘一和孩子接近，便会踏进久经忘却了的孩子世界的边疆去，想到月亮怎么会跟着人走，星星究竟是怎么嵌在天空中。但孩子在他的世界里，是好象鱼之在水，游泳自如，忘其所以的，成人却有如人的凫水一样，虽然也觉到水的柔滑和清凉，不过总不免吃力，为难，非上陆不可了。

月亮和星星的情形，一时怎么讲得清楚呢，家境还不算精穷，当然还不如给一点所谓教育，首先是识字。上海有各国的人们，有各国的书铺，也有各国的儿童用书。但我们是中国人，要看中国书，识中国字。这样的书也有，虽然纸张、图画、色彩、印订，都远不及别国，但有是也有的。我到市上去，给孩子买来的是民国二十一年十一月印行的“国难后第六版”的《看图识字》。

先是那色彩就多么恶浊，但这且也不管他。图画又多么死板，这且也不管他。出版处虽然是上海，然而奇怪，图上有蜡烛，有洋灯，却没有电灯；有朝靴，有三镶云头鞋，却没有皮鞋。跪着放枪的，一脚拖地；站着射箭的，两臂不平，他们将永远不能达到目的，更坏的是连钓竿、风车、布机之类，也和实物有些不同。

我轻轻的叹了一口气，记起幼小时候看过的《日用杂字》来。这是一本教育妇女婢仆，使她们能够记帐的书，虽然名物的种类并不多，图画也很粗劣，然而很活泼，也很像。为什么呢？就因为作画的人，是熟悉他所画的东西的，一个“萝卜”，一只鸡，在他的记忆里并不含胡，画起来当然就切实。现在我们只要看《看图识字》里所画的生活状态——洗脸，吃饭，读书——就知道这是作者意中的读者，也是作者自己的生活状态，是在租界上租一层屋，装了全家，既不阔绰，也非精穷的，埋头苦干一日，才得维持生活一日的人，孩子得上学校，自己须穿长衫，用尽心神，撑住场面，又那有余力去买参考书，观察事物，修炼本领呢？况且，那书的末叶上还有一行道："戊申年七月初版"。查年表，才知道那就是清朝光绪三十四年，即西历一九〇八年，虽是前年新印，书却成于二十七年前，已是一部古籍了，其奄奄无生气，正也不足为奇的。

孩子是可以敬服的，他常常想到星月以上的境界，想到地面下的情形，想到花卉的用处，想到昆虫的言语；他想飞上天空，他想潜入蚁穴……所以给儿童看的图书就必须十分慎重，做起来也十分烦难。即如《看图识字》这两本小书，就天文、地理、人事、物情，无所不有。其实是，倘不是对于上至宇宙之大，下至苍蝇之微，都有些切实的知识的画家，决难胜任的。

然而我们是忘却了自己曾为孩子时候的情形了，将他们看作一个蠢才，什么都不放在眼里。即使因为时势所趋，只得施一点所谓教育，也以为只要付给蠢才去教就足够。于是他们长大起来，就真的成了蠢才，和我们一样了。

然而我们这些蠢才，却还在变本加厉的愚弄孩子。只要看近两三年的出版界，给“小学生”、“小朋友”看的刊物，特别的多就知道。中国突然出了这许多“儿童文学家”了么？我想：是并不然的。

（五月三十日。）

漫谈“漫画”

孩子们吵架，有一个用木炭——上海是大抵用铅笔了——在墙壁上写道：“小三子可乎之及及也，同同三千三百刀！”这和政治之类是毫不相干的，然而不能算小品文。画也一样，住家的恨路人到对门来小解，就在墙上画一个乌龟，题几句话，也不能叫它作“漫画”。为什么呢？就因为这和被画者的形体或精神，是绝无关系的。

漫画的第一件紧要事是诚实，要确切的显示了事件或人物的姿态，也就是精神。

漫画是 Karikatur 的译名，那“漫”，并不是中国旧日的文人学士之所谓“漫题”“漫书”的“漫”。当然也可以不假思索，一挥而就的，但因为发芽于诚实的心，所以那结果也不会仅是嬉皮笑脸。这一种画，在中国的过去的绘画里很少见，《百丑图》或《三十六声粉铎图》庶几近之，可惜的是不过戏文里的丑脚的摹写；罗两峰的《鬼趣图》，当不得已时，或者也就算进去罢，但它又太离开了人间。

漫画要使人一目了然，所以那最普通的方法是“夸张”，但又不是胡闹。无缘无故的将所攻击或暴露的对象画作一头驴，恰如拍马家将所拍的对象做成一个神一样，是毫没有效果的，假如那对象其实并无驴气息或神气息。然而如果真有些驴气息，那就糟了，从此之后，越看越像，比读一本做得很厚的传记还明白。关于事件的漫画，也一样的。所以漫画虽然有夸张，却还是要诚实。“燕山雪花大如席”，是夸张，但燕山究竟有雪花，就含着一点诚实在里面，使我们立刻知道燕山原来有这么冷。如果说“广州雪花大如席”，那可就变成笑话了。

“夸张”这两个字也许有些语病，那么，说是“廓大”也可以的。廓大一个事件或人物的特点固然使漫画容易显出效果来，但廓大了并非特点之处却更容易显出效果。矮而胖的，瘦而长的，他本身就有漫画相了，再给他秃头，近视眼，画得再矮而胖些，瘦而长些，总可以使读者发笑。但一位白净苗条的美人，就很不容易设法，有些漫画家画作一个髑髅或狐狸之类，却不过是在报告自己的低能。有些漫画家却不用这呆法子，他用廓大镜照了她露出的搽粉的臂膊，看出她皮肤的褶皱，看见了这些褶皱中间的粉和泥的黑白画。这么一来，漫画稿子就成功了，然而这是真实，倘不信，大家或自己也用廓大镜去照照去。于是她也只好承认这真实，倘要好，就用肥皂和毛刷去洗一通。

因为真实，所以也有力。但这种漫画，在中国是很难生存的。我记得去年就有一位文学家说过，他最讨厌论人用显微镜。

欧洲先前，也并不两样。漫画虽然是暴露，讥刺，甚而至于是攻击的，但因为读者多是上等的雅人，所以漫画家的笔锋的所向，往往只在那些无拳无勇的无告者，用他们的可笑，衬出雅人们的完全和高尚来，以分得一枝雪茄的生意。像西班牙的戈雅（Francisco de Goya）和法国的陀密埃（Honoré Daumier）那样的漫画家，到底还是不可多得的。

（二月二十八日。）

论“花边文学”

林默

近来有一种文章，四周围着花边，从一些副刊上出现。这文章，每天一段，雍容闲适，缜密整齐，看外形似乎是“杂感”，但又像“格言”，内容却不痛不痒，毫无着落，似乎是小品或语录一类的东西。今天一则“偶感”，明天一段“据说”，从作者看来，自然是好文章，因为翻来覆去，都成了道理，颇尽了八股的能事的。但从读者看，虽然不痛不痒，却往往渗有毒汁，散布了妖言。譬如甘地被刺，就起来作一篇“偶感”，颂扬一番“摩哈达麻”，咒骂几通暴徒作乱，为圣雄出气禳灾，顺便也向读者宣讲一些“看定一切”，“勇武和平”的不抵抗说教之类。这种文章无以名之，且名之曰“花边体”或“花边文学”罢。

这花边体的来源，大抵是走入乌道以后的小品文变种。据这种小品文的拥护者说是会要流传下去的（见《人间世》:《关于小品文》）。我们且来看看他们的流传之道罢。六月廿八日《申报·自由谈》载有这样一篇文章，题目叫《倒提》。大意说西洋人禁止倒提鸡鸭，华人颇有鸣不平的，因为西洋人虐待华人，至于比不上鸡鸭。

于是这位花边文学家发议论了，他说：“这其实是误解了西洋人。他们鄙夷我们是的确的，但并未放在动物之下。”

为什么“并未”呢？据说是“人能组织，能反抗，……自有力量，自有本领，和鸡鸭绝不相同的缘故”。所以租界上没有禁止苛待华人的规律。不禁止虐待华人，当然就是把华人看在鸡鸭之上了。

倘要不平么，为什么不反抗呢？

而这些不平之士，据花边文学家从古典里得来的证明，断为“不妨变狗”之辈，没有出息的。

这意思极明白，第一是西洋人并未把华人放在鸡鸭之下，自叹不如鸡鸭的人，是误解了西洋人。第二是受了西洋人这种优待，不应该再鸣不平。第三是他虽也正面的承认人是能反抗的，叫人反抗，但他实在是说明西洋人为尊重华人起见，这虐待倒不可少，而且大可进一步。第四，倘有人要不平，他能从“古典”来证明这是华人没有出息。

上海的洋行，有一种帮洋人经营生意的华人，通称叫“买办”，他们和同胞做起生意来，除开夸说洋货如何比国货好，外国人如何讲礼节信用，中国人是猪猡，该被淘汰以外，还有一个特点，是口称洋人曰：“我们的东家。”我想这一篇《倒提》的杰作，看他的口气，大抵不出于这般人为他们的东家而作的手笔。因为第一，这般人是常以了解西洋人自夸的，西洋人待他很客气；第二，他们往往赞成西洋人（也就是他们的东家）统治中国，虐待华人，因为中国人是猪猡；第三，他们最反对中国人怀恨西洋人。抱不平，从他们看来，更是危险思想。

从这般人或希望升为这般人的笔下产出来的就成了这篇“花边文学”的杰作。但所可惜是不论这种文人，或这种文字，代西洋人如何辩护说教，中国人的不平，是不可免的。因为西洋人虽然不曾把中国放在鸡鸭之下，但事实上也似乎并未放在鸡鸭之上。香港的差役把中国犯人倒提着从二楼摔下来，已是久远的事；近之如上海，去年的高丫头，今年的蔡洋其辈，他们的遭遇，并不胜过于鸡鸭，而死伤之惨烈有过而无不及。这些事实我辈华人是看得清清楚楚，不会转背就忘却的，花边文学家的嘴和笔怎能朦混过去呢？

抱不平的华人果真如花边文学家的“古典”证明，一律没有出息的么？倒也不的。我们的古典里，不是有九年前的五卅运动，两年前的一二八战争，至今还在艰苦支持的东北义勇军么？谁能说这些不是由于华人的不平之气聚集而成的勇敢的战斗和反抗呢？

“花边体”文章赖以流传的长处都在这里。如今虽然在流传着，为某些人们所拥护。但相去不远，就将有人来唾弃他的。现在是建设“大众语”文学的时候，我想“花边文学”，不论这种形式或内容，在大众的眼中，将有流传不下去的一天罢。

这篇文章投了好几个地方，都被拒绝。莫非这文章又犯了要报私仇的嫌疑么？但这“授意”却没有的。就事论事，我觉得实有一吐的必要。文中过火之处，或者有之，但说我完全错了，却不能承认。倘得罪的是我的先辈或友人，那就请谅解这一点。

笔者附识。

（七月三日《大晚报·火炬》。）

十四年的“读经”

自从章士钊主张读经以来，论坛上又很出现了一些论议，如谓经不必尊，读经乃是开倒车之类。我以为这都是多事的，因为民国十四年的“读经”，也如民国前四年，四年，或将来的二十四年一样，主张者的意思，大抵并不如反对者所想像的那么一回事。

尊孔，崇儒，专经，复古，由来已经很久了。皇帝和大臣们，向来总要取其一端，或者“以孝治天下”，或者“以忠诏天下”，而且又“以贞节励天下”。但是，二十四史不现在么？其中有多少孝子、忠臣、节妇和烈女？自然，或者是多到历史上装不下去了；那么，去翻专夸本地人物的府县志书去，我可以说，可惜男的孝子和忠臣也不多的，只有节烈的妇女的名册却大抵有一大卷以至几卷。孔子之徒的经，真不知读到那里去了；倒是不识字的妇女们能实践。还有，欧战时候的参战，我们不是常常自负的么？但可曾用《论语》感化过德国兵，用《易经》咒翻了潜水艇呢？儒者们引为劳绩的，倒是那大抵目不识丁的华工！

所以要中国好，或者倒不如不识字罢，一识字，就有近乎读经的病根了。“瞰亡往拜”“出疆载质”的最巧玩艺儿，经上都有，我读熟过的。只有几个胡涂透顶的笨牛，真会诚心诚意地来主张读经。而且这样的脚色，也不消和他们讨论。他们虽说什么经，什么古，实在不过是空嚷嚷。问他们经可是要读到像颜回、子思、孟轲、朱熹、秦桧（他是状元）、王守仁、徐世昌、曹锟；古可是要复到像清（即所谓“本朝”）、元、金、唐、汉、禹、汤、文、武、周公、无怀氏、葛天氏？他们其实都没有定见。他们也知不清颜回以至曹锟为人怎样，“本朝”以至葛天氏情形如何；不过像苍蝇们失掉了垃圾堆，自不免嗡嗡地叫。况且既然是诚心诚意主张读经的笨牛，则决无钻营，取巧，献媚的手段可知，一定不会阔气；他的主张，自然也决不会发生什么效力的。

至于现在的能以他的主张，引起若干议论的，则大概是阔人。阔人决不是笨牛，否则，他早已伏处牖下，老死田间了，现在岂不是正值“人心不古”的时候么？则其所以得阔之道，居然可知。他们的主张，其实并非那些笨牛一般的真主张，是所谓别有用意；反对者们以为他真相信读经可以救国，真是“谬以千里”了！

我总相信现在的阔人都是聪明人；反过来说，就是倘使老实，必不能阔是也。至于所挂的招牌是佛学，是孔道，那倒没有什么关系。总而言之，是读经已经读过了，很悟到一点玩意儿，这种玩意儿，是孔二先生的先生老聃的大著作里就有的。此后的书本子里还随时可得。所以他们都比不识字的节妇、烈女、华工聪明；甚而至于比真要读经的笨牛还聪明。何也？曰：“学而优则仕”故也。倘若“学”而不“优”，则以笨牛没世，其读经的主张，也不为世间所知。

孔子岂不是“圣之时者也”么，而况“之徒”呢？现在是主张“读经”的时候了。武则天做皇帝，谁敢说“男尊女卑”？多数主义虽然现称过激派，如果在列宁治下，则共产之合于葛天氏，一定可以考据出来的。但幸而现在英国和日本的力量还不弱，所以，主张亲俄者，是被卢布换去了良心。

我看不见读经之徒的良心怎样，但我觉得他们大抵是聪明人，而这聪明，就是从读经和古文得来的。我们这曾经文明过而后来奉迎过蒙古人、满洲人大驾了的国度里，古书实在太多，倘不是笨牛，读一点就可以知道，怎样敷衍，偷生，献媚，弄权，自私，然而能够假借大义，窃取美名。再进一步，并可以悟出中国人是健忘的，无论怎样言行不符，名实不副，前后矛盾，撒诳造谣，蝇营狗苟，都不要紧，经过若干时候，自然被忘得干干净净，只要留下一点卫道模样的文字，将来仍不失为“正人君子”。况且即使将来没有“正人君子”之称，于目下的实利又何损哉？

这一类的主张读经者，是明知道读经不足以救国的，也不希望人们都读成他自己那样的；但是，要些把戏，将人们作笨牛看则有之，“读经”不过是这一回耍把戏偶尔用到的工具。抗议的诸公倘若不明乎此，还要正经老实地来评道理，谈利害，那我可不再客气，也要将你们归入诚心诚意主张读经的笨牛类里去了。

以这样文不对题的话来解释“俨乎其然”的主张，我自己也知道有不恭之嫌，然而我又自信我的话，因为我也是从“读经”得来的。我几乎读过十三经。

衰老的国度大概就免不了这类现象。这正如人体一样，年事老了，废料愈积愈多，组织间又沉积下矿质，使组织变硬，易就于灭亡。一面，则原是养卫人体的游走细胞（Wanderzelle）渐次变性，只顾自己，只要组织间有小洞，它便钻，蚕食各组织，使组织耗损，易就于灭亡。俄国有名的医学者梅契尼珂夫（Elias Metschnikov）特地给他别立了一个名目：大嚼细胞（Fresserzelle）。据说，必须扑灭了这些，人体才免于老衰；要扑灭这些，则须每日服用一种酸性剂。

他自己就实行着。

古国的灭亡，就因为大部分的组织被太多的古习惯教养得硬化了，不再能够转移，来适应新环境。若干分子又被太多的坏经验教养得聪明了，于是变性，知道在硬化的社会里，不妨妄行。单是妄行的是可与论议的，故意妄行的却无须再与谈理。惟一的疗救，是在另开药方：酸性剂，或者简直是强酸剂。

不提防临末又提到了一个俄国人，怕又有人要疑心我收到卢布了罢。我现在郑重声明：我没有收过一张纸卢布。因为俄国还未赤化之前，他已经死掉了，是生了别的急病，和他那正在实验的药的有效与否这问题无干。

（十一月十八日。）

现今的新文学的概观

——五月二十二日在燕京大学国文学会讲

这一年多，我不很向青年诸君说什么话了，因为革命以来，言论的路很窄小，不是过激，便是反动，于大家都无益处。这一次回到北平，几位旧识的人要我到这里来讲几句，情不可却，只好来讲几句。但因为种种琐事，终于没有想定究竟来讲什么——连题目都没有。

那题目，原是想在车上拟定的，但因为道路坏，汽车颠起来有尺多高，无从想起。我于是偶然感到，外来的东西，单取一件，是不行的，有汽车也须有好道路，一切事总免不掉环境的影响。文学——在中国的所谓新文学，所谓革命文学，也是如此。

中国的文化，便是怎样的爱国者，恐怕也大概不能不承认是有些落后。新的事物，都是从外面侵入的。新的势力来到了，大多数的人们还是莫名其妙。北平还不到这样，譬如上海租界，那情形，外国人是处在中央，那外面，围着一群翻译、包探、巡捕、西崽……之类，是懂得外国话，熟悉租界章程的。这一圈之外，才是许多老百姓。

老百姓一到洋场，永远不会明白真实情形，外国人说“Yes”，翻译道，“他在说打一个耳光”，外国人说“No”，翻出来却是他说“去枪毙”。倘想要免去这一类无谓的冤苦，首先是在知道得多一点，冲破了这一个圈子。

在文学界也一样，我们知道得太不多，而帮助我们知识的材料也太少。梁实秋有一个白璧德，徐志摩有一个泰戈尔，胡适之有一个杜威，——是的，徐志摩还有一个曼殊斐儿，他到她坟上去哭过，——创造社有革命文学，时行的文学。不过附和的，创作的很有，研究的却不多，直到现在，还是给几个出题目的人们圈了起来。

各种文学，都是应环境而产生的，推崇文艺的人，虽喜欢说文艺足以煽起风波来，但在事实上，却是政治先行，文艺后变。倘以为文艺可以改变环境，那是“唯心”之谈，事实的出现，并不如文学家所豫想。所以巨大的革命，以前的所谓革命文学者还须灭亡，待到革命略有结果，略有喘息的余裕，这才产生新的革命文学者。为什么呢，因为旧社会将近崩坏之际，是常常会有近似带革命性的文学作品出现的，然而其实并非真的革命文学。例如：或者憎恶旧社会，而只是憎恶，更没有对于将来的理想；或者也大呼改造社会，而问他要怎样的社会，却是不能实现的乌托邦；或者自己活得无聊了，便空泛地希望一大转变，来作刺戟，正如饱于饮食的人，想吃些辣椒爽口；更下的是原是旧式人物，但在社会里失败了，却想另挂新招牌，靠新兴势力获得更好的地位。

希望革命的文人，革命一到，反而沉默下去的例子，在中国便曾有过的。即如清末的南社，便是鼓吹革命的文学团体，他们叹汉族的被压制，愤满人的凶横，渴望着“光复旧物”。但民国成立以后，倒寂然无声了。我想，这是因为他们的理想，是在革命以后，“重见汉官威仪”，峨冠博带。而事实并不这样，所以反而索然无味，不想执笔了。俄国的例子尤为明显，十月革命开初，也曾有许多革命文学家非常惊喜，欢迎这暴风雨的袭来，愿受风雷的试炼。但后来，诗人叶遂宁，小说家索波里自杀了，近来还听说有名的小说家爱伦堡有些反动。这是什么缘故呢？就因为四面袭来的并不是暴风雨，来试炼的也并非风雷，却是老老实实的“革命”。空想被击碎了，人也就活不下去，这倒不如古时候相信死后灵魂上天，坐在上帝旁边吃点心的诗人们福气。因为他们在达到目的之前，已经死掉了。

中国，据说，自然是已经革了命，——政治上也许如此罢，但在文艺上，却并没有改变。有人说，“小资产阶级文学之抬头”了，其实是，小资产阶级文学在那里呢，连“头”也没有，那里说得到“抬”。这照我上面所讲的推论起来，就是文学并不变化和兴旺，所反映的便是并无革命和进步，——虽然革命家听了也许不大喜欢。

至于创造社所提倡的，更彻底的革命文学——无产阶级文学，自然更不过是一个题目。这边也禁，那边也禁的王独清的从上海租界里遥望广州暴动的诗，“Pong Pong Pong”，铅字逐渐大了起来，只在说明他曾为电影的字幕和上海的酱园招牌所感动，有模仿勃洛克的《十二个》之志而无其力和才。郭沫若的《一只手》是很有人推为佳作的，但内容说一个革命者革命之后失了一只手，所余的一只还能和爱人握手的事，却未免“失”得太巧。五体、四肢之中，倘要失去其一，实在还不如一只手；一条腿就不便，头自然更不行了。只准备失去一只手，是能减少战斗的勇往之气的；我想，革命者所不惜牺牲的，一定不只这一点。《一只手》也还是穷秀才落难，后来终于中状元，谐花烛的老调。

但这些却也正是中国现状的一种反映。新近上海出版的革命文学的一本书的封面上，画着一把钢叉，这是从《苦闷的象征》的书面上取来的，叉的中间的一条尖刺上，又安一个铁锤，这是从苏联的旗子上取来的。然而这样地合了起来，却弄得既不能刺，又不能敲，只能在表明这位作者的庸陋，——也正可以做那些文艺家的徽章。

从这一阶级走到那一阶级去，自然是能有的事，但最好是意识如何，便一一直说，使大众看去，为仇为友，了了分明。不要脑子里存着许多旧的残滓，却故意瞒了起来，演戏似的指着自己的鼻子道，“惟我是无产阶级！”现在的人们既然神经过敏，听到“俄”字便要气绝，连嘴唇也快要不准红了，对于出版物，这也怕，那也怕；而革命文学家又不肯多绍介别国的理论和作品，单是这样的指着自己的鼻子，临了便会像前清的“奉旨申斥”一样，令人莫名其妙的。

对于诸君，“奉旨申斥”大概还须解释几句才会明白罢。这是帝制时代的事。一个官员犯了过失了，便叫他跪在一个什么门外面，皇帝差一个太监来斥骂。这时须得用一点化费，那么，骂几句就完；倘若不用，他便从祖宗一直骂到子孙。这算是皇帝在骂，然而谁能去问皇帝，问他究竟可是要这样地骂呢？去年，据日本的杂志上说，成仿吾是由中国的农工大众选他往德国研究戏曲去了，我们也无从打听，究竟真是这样地选了没有。

所以我想，倘要比较地明白，还只好用我的老话，“多看外国书”，来打破这包围的圈子。这事，于诸君是不甚费力的。关于新兴文学的英文书或英译书，即使不多，然而所有的几本，一定较为切实可靠。多看些别国的理论和作品之后，再来估量中国的新文艺，便可以清楚得多了。更好是绍介到中国来；翻译并不比随便的创作容易，然而于新文学的发展却更有功，于大家更有益。

Ⅱ　巨匠及其作品

谈金圣叹

讲起清朝的文字狱来，也有人拉上金圣叹，其实是很不合适的。他的“哭庙”，用近事来比例，和前年《新月》上的引据三民主义以自辩，并无不同，但不特捞不到教授而且至于杀头，则是因为他早被官绅们认为坏货了的缘故。就事论事，倒是冤枉的。

清中叶以后的他的名声，也有些冤枉。他抬起小说传奇来，和《左传》《杜诗》并列，实不过拾了袁宏道辈的唾余；而且经他一批，原作的诚实之处，往往化为笑谈，布局行文，也都被硬拖到八股的作法上。这余荫，就使有一批人，堕入了对于《红楼梦》之类，总在寻求伏线，挑剔破绽的泥塘。

自称得到古本，乱改《西厢》字句的案子且不说罢，单是截去《水浒》的后小半，梦想有一个“嵇叔夜”来杀尽宋江们，也就昏庸得可以。虽说因为痛恨流寇的缘故，但他是究竟近于官绅的，他到底想不到小百姓的对于流寇，只痛恨着一半：不在于“寇”，而在于“流”。

百姓固然怕流寇，也很怕“流官”。记得民元革命以后，我在故乡，不知怎地县知事常常掉换了。每一掉换，农民们便愁苦着相告道：“怎么好呢？又换了一只空肚鸭来了！”他们虽然至今不知道“欲壑难填”的古训，却很明白“成则为王，败则为贼”的成语，贼者，流着之王，王者，不流之贼也，要说得简单一点，那就是“坐寇”。中国百姓一向自称“蚁民”，现在为便于譬喻起见，姑升为牛罢，铁骑一过，茹毛饮血，蹄骨狼藉，倘可避免，他们自然是总想避免的，但如果肯放任他们自啮野草，苟延残喘，挤出乳来将这些“坐寇”喂得饱饱的，后来能够比较的不复狼吞虎咽，则他们就以为如天之福。所区别的只在“流”与“坐”，却并不在“寇”与“王”。试翻明末的野史，就知道北京民心的不安，在李自成入京的时候，是不及他出京之际的利害的。

宋江据有山寨，虽打家劫舍，而劫富济贫，金圣叹却道应该在童贯、高俅辈的爪牙之前，一个个俯首受缚，他们想不懂。所以《水浒传》纵然成了断尾巴蜻蜓，乡下人却还要看《武松独手擒方腊》这些戏。

不过这还是先前的事，现在似乎又有了新的经验了。听说四川有一只民谣，大略是“贼来如梳，兵来如篦，官来如剃”的意思。汽车飞艇，价值既远过于大轿马车，租界和外国银行，也是海通以来新添的物事，不但剃尽毛发，就是刮尽筋肉，也永远填不满的。正无怪小百姓将“坐寇”之可怕，放在“流寇”之上了。

事实既然教给了这些，仅存的路，就当然使他们想到了自己的力量。

（五月三十一日。）

陀思妥夫斯基的事
——为日本三笠书房《陀思妥夫斯基全集》普及本作

到了关于陀思妥夫斯基，不能不说一两句话的时候了。说什么呢？他太伟大了，而自己却没有很细心的读过他的作品。

回想起来，在年青时候，读了伟大的文学者的作品，虽然敬服那作者，然而总不能爱的，一共有两个人。一个是但丁，那《神曲》的《炼狱》里，就有我所爱的异端在；有些鬼魂还在把很重的石头，推上峻峭的岩壁去。这是极吃力的工作，但一松手，可就立刻压烂了自己。不知怎地，自己也好象很是疲乏了。于是我就在这地方停住，没有能够走到天国去。

还有一个，就是陀思妥夫斯基。一读他二十四岁时所作的《穷人》，就已经吃惊于他那暮年似的孤寂。到后来，他竟作为罪孽深重的罪人，同时也是残酷的拷问官而出现了。他把小说中的男男女女，放在万难忍受的境遇里，来试炼它们，不但剥去了表面的洁白，拷问出藏在底下的罪恶，而且还要拷问出藏在那罪恶之下的真正的洁白来。而且还不肯爽利的处死，竭力要放它们活得长久。而这陀思妥夫斯基，则仿佛就在和罪人一同苦恼，和拷问官一同高兴着似的。这决不是平常人做得到的事情，总而言之，就因为伟大的缘故。但我自己，却常常想废书不观。

医学者往往用病态来解释陀思妥夫斯基的作品。这伦勃罗梭式的说明，在现今的大多数的国度里，恐怕实在也非常便利，能得一般人们的赞许的。但是，即使他是神经病者，也是俄国专制时代的神经病者，倘若谁身受了和他相类的重压，那么，愈身受，也就会愈懂得他那夹着夸张的真实，热到发冷的热情，快要破裂的忍从，于是爱他起来的罢。

不过作为中国的读者的我——却还不能熟悉陀思妥夫斯基式的忍从——对于横逆之来的真正的忍

从。在中国，没有俄国的基督。在中国，君临的是“礼”，不是神。百分之百的忍从，在未嫁就死了定婚的丈夫，坚苦的一直硬活到八十岁的所谓节妇身上，也许偶然可以发见罢，但在一般的人们，却没有。忍从的形式，是有的，然而陀思妥夫斯基式的掘下去，我以为恐怕也还是虚伪。因为压迫者指为被压迫者的不德之一的这虚伪，对于同类，是恶，而对于压迫者，却是道德的。

但是，陀思妥夫斯基式的忍从，终于也并不只成了说教或抗议就完结。因为这是当不住的忍从，太伟大的忍从的缘故。人们也只好带着罪业，一直闯进但丁的天国，在这里这才大家合唱着，再来修练天人的功德了。只有中庸的人，固然并无堕入地狱的危险，但也恐怕进不了天国的罢。

（十一月二十日。）

“穷人”小引

千八百八十年，是陀思妥夫斯基完成了他的巨制之一《卡拉玛卓夫兄弟》这一年；他在手记上说：“以完全的写实主义在人中间发见人。这是彻头彻尾俄国底特质。在这意义上，我自然是民族底的。……人称我为心理学家（Psychologist）。这不得当。我但是在高的意义上的写实主义者，即我是将人的灵魂的深，显示于人的。”第二年，他就死了。

显示灵魂的深者，每要被人看作心理学家；尤其是陀思妥夫斯基那样的作者。他写人物，几乎无须描写外貌，只要以语气，声音，就不独将他们的思想和感情，便是面目和身体也表示着。又因为显示着灵魂的深，所以一读那作品，便令人发生精神的变化。灵魂的深处并不平安，敢于正视的本来就不多，更何况写出？因此有些柔软无力的读者，便往往将他只看作“残酷的天才”。

陀思妥夫斯基将自己作品中的人物们，有时也委实太置之万难忍受的，没有活路的，不堪设想的境地，使他们什么事都做不出来。用了精神的苦刑，送他们到那犯罪，痴呆，酗酒，发狂，自杀的路上去。有时候，竟至于似乎并无目的，只为了手造的牺牲者的苦恼，而使他受苦，在骇人的卑污的状态上，表示出人们的心来。这确凿是一个“残酷的天才”，人的灵魂的伟大的审问者。

然而，在这“在高的意义上的写实主义者”的实验室里，所处理的乃是人的全灵魂。他又从精神底苦刑，送他们到那反省，矫正，忏悔，苏生的路上去；甚至于又是自杀的路。到这样，他的“残酷”与否，一时也就难于断定，但对于爱好温暖或微凉的人们，却还是没有什么慈悲的气息的。

相传陀思妥夫斯基不喜欢对人述说自己，尤不喜欢述说自己的困苦；但和他一生相纠结的却正是困难和贫穷。便是作品，也至于只有一回是并没有豫支稿费的著作。但他掩藏着这些事。他知道金钱的重要，而他最不善于使用的又正是金钱；直到病得寄养在一个医生的家里了，还想将一切来诊的病人当作佳客。他所爱，所同情的是这些，——贫病的人们，——所记得的是这些，所描写的是这些；而他所毫无顾忌地解剖，详检，甚而至于鉴赏的也是这些。不但这些，其实，他早将自己也加以精神底苦刑了，从年青时候起，一直拷问到死灭。

凡是人的灵魂的伟大的审问者，同时也一定是伟大的犯人。审问者在堂上举劾着他的恶，犯人在阶下陈述他自己的善；审问者在灵魂中揭发污秽，犯人在所揭发的污秽中阐明那埋藏的光耀。这样，就显示出灵魂的深。

在甚深的灵魂中，无所谓“残酷”，更无所谓慈悲；但将这灵魂显示于人的，是“在高的意义上的写实主义者”。

陀思妥夫斯基的著作生涯一共有三十五年，虽那最后的十年很偏重于正教的宣传了，但其为人，却不妨说是始终一律。即作品，也没有大两样。从他最初的《穷人》起，最后的《卡拉玛卓夫兄弟》止，所说的都是同一的事，即所谓“捉住了心中所实验的事实，使读者追求着自己思想的径路，从这心的法则中，自然显示出伦理的观念来。”

这也可以说：穿掘着灵魂的深处，使人受了精神底苦刑而得到创伤，又即从这得伤和养伤和愈合中，得到苦的涤除，而上了苏生的路。

《穷人》是作于千八百四十五年，到第二年发表的；是第一部，也是使他即刻成为大家的作品；格里戈洛维奇和涅克拉梭夫为之狂喜，培林斯基曾给他公正的褒辞。自然，这也可以说，是显示着“谦逊之力”的。然而，世界竟是这么广大，而又这么狭窄；穷人是这么相爱，而又不得相爱；暮年是这么孤寂，而又不安于孤寂。他晚年的手记说：“富是使个人加强的，是器械底和精神底满足。因此也将个人从全体分开。”富终于使少女从穷人分离了，可怜的老人便发了不成声的绝叫。爱是何等地纯洁，而又何其有搅扰咒诅之心呵！

而作者其时只有二十四岁，却尤是惊人的事。天才的心诚然是博大的。

中国的知道陀思妥夫斯基将近十年了，他的姓已经听得耳熟，但作品的译本却未见。这也无怪，虽是他的短篇，也没有很简短，便于急就的。这回丛芜才将他的最初的作品，最初绍介到中国来，我觉得似乎很弥补了些缺憾。这是用 Constance Garnett 的英译本为主，参考了 Modern Library 的英译本译出的，歧异之处，便由我比较了原白光的日文译本以定从违，又经素园用原文加以校定。在《陀思妥夫斯基全集》十二巨册中，这虽然不过是一小分，但在我们这样只有微力的人，却很用去许多工作了。藏稿经年，才得印出，便借了这短引，将我所想到的写出，如上文。陀思妥夫斯基的人和他的作品，本是一时研钻不尽的，统论全般，决非我的能力所及，所以这只好算作管窥之说；也仅仅略翻了三本书：Dostoievsky's Litterarsche Schriften，Mereschkovsky's Dostoievsky und Tolstoy，升曙梦的《露西亚文学研究》。

俄国人姓名之长，常使中国的读者觉得烦难，现在就在此略加解释。那姓名全写起来，是总有三个字的：首先是名，其次是父名，第三是姓。例如这书中的解屋斯金，是姓；人却称他马加尔亚列舍维奇，意思就是亚列舍的儿子马加尔，是客气的称呼；亲昵的人就只称名，声音还有变化。倘是女的，便叫她“某之女某”。例如瓦尔瓦拉亚列舍夫那，意思就是亚列舍的女儿瓦尔瓦拉；有时叫她瓦兰加，则是瓦尔瓦拉的音变，也就是亲昵的称呼。

一九二六年六月二日之夜，鲁迅记于东壁下。

“死魂灵百图”小引

果戈理开手作《死魂灵》第一部的时候，是一八三五年的下半年，离现在足有一百年了。幸而，还是不幸呢，其中的许多人物，到现在还很有生气，使我们不同国度，不同时代的读者，也觉得仿佛写着自己的周围，不得不叹服他伟大的写实的本领。不过那时的风尚，却究竟有了变迁，例如男子的衣服，和现在虽然小异大同，而闺秀们的高髻圆裙，则已经少见；那时的时髦的车子，并非流线形的摩托卡，却是三匹马拉的篷车，照着跳舞夜会的所谓眩眼的光辉，也不是电灯，只不过许多插在多臂烛台上的蜡烛：凡这些，倘使没有图画，是很难想像清楚的。

关于《死魂灵》的有名的图画，据里斯珂夫说，一共有三种，而最正确和完备的是阿庚的百图。这图画先有七十二幅，未详何年出版，但总在一八四七年之前，去现在也快要九十年；后来即成为难得之品，新近苏联出版的《文学辞典》里，曾采它为插画，可见已经是有了定评的文献了。虽在它的本国，恐怕也只能在图书馆中相遇，更何况在我们中国。今年秋末，孟十还君忽然在上海的旧书店里看到了这画集，便像孩子望见了糖果似的，立刻奔走呼号，总算弄到手里了，是一八九三年印的第四版，不但百图完备，还增加了收藏家蔼甫列摩夫所藏的三幅，并那时的广告画和第一版封纸上的小图各一幅，共计一百零五图。

这大约是十月革命之际，俄国人带了逃出国外来的；他该是一个爱好文艺的人，抱守了十六年，终于只好拿它来换衣食之资；在中国，也许未必有第二本。藏了起来，对己对人，说不定都是一种罪业，所以现在就设法来翻印这一本书，除绍介外国的艺术之外，第一，是在献给中国的研究文学，或爱好文学者，可以和小说相辅，所谓“左图右史”，更明白十九世纪上半的俄国中流社会的情形，第二，则想献给插画家，借此看看别国的写实的典型，知道和中国向来的“出相”或“绣像”有怎样的不同，或者能有可以取法之处；同时也以慰售出这本画集的人，将他的原本化为千万，广布于世，实足偿其损失而有余，一面也庶几不枉孟十还君的一番奔走呼号之苦。对于木刻家，却恐怕并无大益，因为这虽说是木刻，但画者一人，刻者又别一人，和现在的自画自刻，刻即是画的创作木刻，是已经大有差别的了。

世间也真有意外的运气。当中文译本的《死魂灵》开始发表时，曹靖华君就寄给我一卷图画，也还是十月革命后不多久，在彼得堡得到的。这正是里斯珂夫所说的梭可罗夫画的十二幅。纸张虽然颇为破碎，但图像并无大损，怕它由我而亡，现在就附印在阿庚的百图之后，于是俄国艺术家所作的最写实，而且可以互相补助的两种《死魂灵》的插画，就全收在我们的这一本集子里了。

移译序文和每图的题句的，也是孟十还君的劳作；题句大概依照译本，但有数处不同，现在也不改从一律；最末一图的题句，不见于第一部中，疑是第二部记乞乞科夫免罪以后的事，这是那时俄国文艺家的习尚：总喜欢带点教训的。至于校印装制，则是吴朗西君和另外几位朋友们所经营。这都应该在这里声明谢意。

一九三五年十二月二十四日，鲁迅。

“静静的顿河”后记

本书的作者是新近有名的作家，一九二七年珂刚（P.S.Kogan）教授所作的《伟大的十年的文学》中，还未见他的姓名，我们也得不到他的自传。卷首的事略，是从德国辑译的《新俄新小说家三十人集》（Dreising neue Erxaehler des newen Russland）的附录里翻译出来的。

这《静静的顿河》的前三部，德国就在去年由Olga Halpern译成出版，当时书报上曾有比小传较为详细的绍介的文辞：

“唆罗诃夫是那群直接出自民间，而保有他

们的本源的俄国的诗人之一。约两年前，这年青的哥萨克的名字，才始出现于俄国的文艺界，现在已被认为新俄最有天才的作家们中的一个了。他未到十四岁，便已实际上参加了俄国革命的斗争，受过好几回伤，终被反革命的军队逐出了他的乡里。

“他的小说《静静的顿河》开手于一九一三年，他用炎炎的南方的色彩，给我们描写哥萨克人（那些英雄的，叛逆的奴隶们 Pugatchov, Stenka Rasin，Bulavin 等的苗裔，这些人们的行为在历史上日见其伟大）的生活。但他所描写，和那部分底地支配着西欧人对于顿河哥萨克人的想像的不真实的罗曼主义，是并无共通之处的。

“战前的家长制度的哥萨克人的生活，非常出色地描写在这小说中。叙述的中枢是年青的哥萨克人格黎高里和一个邻人的妻阿珂新亚，这两人被有力的热情所熔接，共尝着幸福与灭亡。而环绕了他们俩，则俄国的乡村在呼吸，在工作，在歌唱，在谈天，在休息。

“有一天，在这和平的乡村里蓦地起了一声惊呼：战争！最有力的男人们都出去了。这哥萨克人的村落也流了血。但在战争的持续间却生长了沉郁的憎恨，这就是逼近目前的革命豫兆。……”

出书不久，华斯珂普（F.K.Weiskepf）也就给以正当的批评：

“唆罗诃夫的《静静的顿河》，由我看来好象是一种豫约——那青年的俄国文学以法兑耶夫的《溃灭》，班弗罗夫的《贫农组合》，以及巴贝勒的和伊凡诺夫的小说与传奇等对于那倾耳谛听着的西方所定下的豫约的完成；这就是说，一种充满着原始力的新文学生长起来了，这种文学，它的浩大就如俄国的大原野，它的清新与不羁则如苏联的新青年。凡在青年的俄国作家们的作品中不过是一种豫示与胚胎的（新的观点，从一个完全反常的，新的方面来观察问题，那新的描写），在唆罗诃夫这部小说里都得到十分的发展了。这部小说为了它那构想的伟大，生活的多样，描写的动人，使我们记起托尔斯泰的《战争与和平》来。我们紧张地盼望着续卷的出现。”

德译的续卷，是今年秋天才出现的，但大约总还须再续，因为原作就至今没有写完。这一译本，即出于 Olga Halpern 德译本第一卷的上半，所以“在战争的持续间却生长了沉郁的憎恨”的事，在这里还不能看见。然而风物既殊，人情复异，写法又明朗简洁，绝无旧文人描头画角，宛转抑扬的恶习，华斯珂普所说的“充满着原始力的新文学”的大概，已灼然可以窥见。将来倘有全部译本，则其启发这里的新作家之处，一定更为不少。但能否实现，却要看这古国的读书界的魄力而定了。

（一九三〇年九月十六日。）

卢梭和胃口

做过《民约论》的卢梭，自从他还未死掉的时候起，便受人们的责备和迫害，直到现在，责备终于没有完。连在和“民约”没有什么关系的中华民国，也难免这一幕了。

例如商务印书馆出版的《爱弥尔》中文译本的序文上，就说——

> “……本书的第五编即女子教育，他的主张非但不彻底，而且不承认女子的人格，与前四编的尊重人类相矛盾。……所以在今日看来，他对于人类正当的主张，可说只树得一半……。”

然而复旦大学出版的《复旦旬刊》创刊号上梁实秋教授的意思，却“稍微有点不同”了。其实岂但“稍微”而已耶，乃是“卢梭论教育，无一是处，唯其论女子教育，的确精当。”因为那是“根据于男女的性质与体格的差别而来”的。而近代生物学和心理学研究的结果，又证明着天下没有两个人是无差别。怎样的人就该施以怎样的教育。所以，梁先生说——

“我觉得‘人’字根本的该从字典里永远注销，或由政府下令永禁行使。因为‘人’字的意义太糊涂了。聪明绝顶的人，我们叫他做人，蠢笨如牛的人，也一样的叫做人，弱不禁风的女子，叫做人，粗横强大的男人，也叫做人，人里面的三流九等，无一非人。近代的德谟克拉西的思想，平等的观念，其起源即由于不承认人类的差别。近代所谓的男女平等运动，其起源即由于不承认男女的差别。人格是一个抽象名词，是一个人的身心各方面的特点的总和。人的身心各方面的特点既有差别，实即人格上亦有差别。所谓侮辱人格的，即是不承认一个人特有的人格，卢梭承认女子有女子的人格，所以卢梭正是尊重女子的人格。抹杀女子所特有之特性者，才是侮辱女子人格。”

于是势必至于得到这样的结论，——

“……正当的女子教育应该是使女子成为完全的女子。”

那么，所谓正当的教育者，也应该是使“弱不禁风”者，成为完全的“弱不禁风”，“蠢笨如牛”者，成为完全的“蠢笨如牛”，这才免于侮辱各人——此字在未经从字典里永远注销，政府下令永禁行使之前，暂且使用——的人格了。卢梭《爱弥尔》前四编的主张不这样，其“无一是处”，于是可以算无疑。

但这所谓“无一是处”者，也只是对于“聪明绝顶的人”而言，在“蠢笨如牛的人”，却是“正当”的教育。因为看了这样的议论，可以使他更渐近于完全“蠢笨如牛”。这也就是尊重他的人格。

然而这种议论还是不会完结的。为什么呢？一者，因为即使知道说“自然的不平等”，而不容易明白真“自然”和“因积渐的人为而似自然”之分。二者，因为凡有学说，往往“合吾人之胃口者则容纳之，且从而宣扬之”也。

上海一隅，前二年大谈亚诺德，今年大谈白璧德，恐怕也就是胃口之故罢。

许多问题大抵发生于“胃口”，胃口的差别，也正如“人”字一样的——其实这两字也应该呈请政府“下令永禁行使”。我且抄一段同是美国的 Upton Sinclair 的，以尊重另一种人格罢——

“无论在那一个卢梭的批评家，都有首先应该解决的唯一的问题。为什么你和他吵闹的？要为他的到达点的那自由、平等、调协开路么？还是因为畏惧卢梭所发向世界上的新思想和新感情的激流呢？使对于他取了为父之劳的个人主义运动的全体怀疑，将我们带到子女服从父母，奴隶服从主人，妻子服从丈夫，臣民服从教皇和皇帝，大学生毫不发生疑问，而佩服教授的讲义的善良的古代去，乃是你的目的么？

“阿嶷夫人曰：‘最后的一句，好象是对于白璧德教授的一箭似的。’

“‘奇怪呀，’她的丈夫说。‘斯人也而有斯姓也……那一定是上帝的审判了。’”

不知道和原意可有错误，因为我是从日本文重译的。书的原名是《Mammonart》，在California的Pasadena作者自己出版，胃口相近的人们自己弄来看去罢。Mammon是希腊神话里的财神，art谁都知道是艺术。可以译作“财神艺术”罢。日本的译名是“拜金艺术”，也行。因为这一个字是作者生造的，政府既没有下令颁行，字典里也大概未曾注入，所以姑且在这里加一点解释。

（十二,二一。）

萧红作“生死场”序

记得已是四年前的事了，时维二月，我和妇孺正陷在上海闸北的火线中，眼见中国人的因为逃走或死亡而绝迹。后来仗着几个朋友的帮助，这才得进平和的英租界，难民虽然满路，居人却很安闲。和闸北相距不过四五里罢，就是一个这么不同的世界，——我们又怎么会想到哈尔滨。

这本稿子的到了我的桌上，已是今年的春天，我早重回闸北，周围又复熙熙攘攘的时候了。但却看见了五年以前，以及更早的哈尔滨。这自然还不过是略图，叙事和写景，胜于人物的描写，然而北方人民的对于生的坚强，对于死的挣扎，却往往已经力透纸背；女性作者的细致的观察和越轨的笔致，又增加了不少明丽和新鲜。精神是健全的，就是深恶文艺和功利有关的人，如果看起来，他不幸得很，他也难免不能毫无所得。

听说文学社曾经愿意给她付印，稿子呈到中央宣传部书报检查委员会那里去，搁了半年，结果是不许可。人常常会事后才聪明，回想起来，这正是当然的事：对于生的坚强和死的挣扎，恐怕也确是大背“训政”之道的。今年五月，只为了《略谈皇帝》这一篇文章，这一个气焰万丈的委员会就忽然烟消火灭，便是“以身作则”的实地大教训。

奴隶社以汗血换来的几文钱，想为这本书出版，却又在我们的上司“以身作则”的半年之后了，还要我写几句序。然而这几天，却又谣言蜂起，闸北的熙熙攘攘的居民，又在抱头鼠窜了，路上是骆驿不绝的行李车和人，路旁是黄白两色的外人，含笑在赏鉴这礼让之邦的盛况。自以为居于安全地带的报馆的报纸，则称这些逃命者为“庸人”或“愚民”。我却以为他们也许是聪明的，至少，是已经凭着经验，知道了煌煌的官样文章之不可信。他们还有些记性。

现在是一九三五年十一月十四的夜里，我在灯下再看完了《生死场》。周围像死一般寂静，听惯的邻人的谈话声没有了，食物的叫卖声也没有了，不过偶有远远的几声犬吠。想起来，英法租界当不是这情形，哈尔滨也不是这情形；我和那里的居人，彼此都怀着不同的心情，住在不同的世界。然而我的心现在却好象古井中水，不生微波，麻木的写了以上那些字。这正是奴隶的心！——但是，如果还是扰乱了读者的心呢？那么，我们还决不是奴才。

不过与其听我还在安坐中的牢骚话，不如快看下面的《生死场》，她才会给你们以坚强和挣扎的力气。

鲁迅。

Ⅲ　文章作法

作文秘诀

现在竟还有人写信来问我作文的秘诀。

我们常常听到：拳师教徒弟是留一手的，怕他学全了就要打死自己，好让他称雄。在实际上，这样的事情也并非全没有，逢蒙杀羿就是一个前例。逢蒙远了，而这种古气是没有消尽的，还加上了后来的“状元瘾”，科举虽然久废，至今总还要争“唯一”，争“最先”。遇到有“状元瘾”的人们，做教师就危险，拳棒教完，往往免不了被打倒，而这位新拳师来教徒弟时，却以他的先生和自己为前车之鉴，就一定留一手，甚而至于三四手，于是拳术也就“一代不如一代”了。

还有，做医生的有秘方，做厨子的有秘法，开点心铺子的有秘传，为了保全自家的衣食，听说这还只授儿妇，不教女儿，以免流传到别人家里去。“秘”是中国非常普遍的东西，连关于国家大事的会议，也总是“内容非常秘密”，大家不知道。但是，作文却好象偏偏并无秘诀，假使有，每个作家一定是传给子孙的了，然而祖传的作家很少见。自然，作家的孩子们，从小看惯书籍纸笔，眼格也许比较的可以大一点罢，不过不见得就会做。目下的刊物上，虽然常见什么“父子作家”“夫妇作家”的名称，仿佛真能从遗嘱或情书中，密授一些什么秘诀一样，其实乃是肉麻当有趣，妄将做官的关系，用到作文上去了。

那么，作文真就毫无秘诀么？却也并不。我曾经讲过几句做古文的秘诀，是要通篇都有来历，而非古人的成文；也就是通篇是自己做的，而又全非自己所做，个人其实并没有说什么；也就是“事出有因”，而又“查无实据”。到这样，便“庶几乎免于大过也矣”了。简而言之，实不过要做得“今天天气，哈哈哈……”而已。

这是说内容。至于修辞，也有一点秘诀：一要蒙胧，二要难懂。那方法，是：缩短句子，多用难字。譬如罢，作文论秦朝事，写一句“秦始皇乃始烧书”，是不算好文章的，必须翻译一下，使它不容易一目了然才好。这时就用得着《尔雅》、《文选》了，其实是只要不给别人知道，查查《康熙字典》也不妨的。动手来改，成为“始皇始焚书”，就有些“古”起来。到得改成“政俶燔典”，那就简直有了班、马气，虽然跟着也令人不大看得懂。但是这样的做成一篇以至一部，是可以被称为“学者”的，我想了半天，只做得一句，所以只配在杂志上投稿。

我们的古之文学大师，就常常玩着这一手。班固先生的“紫色鼃声，馀分闰位”，就将四句长句，缩成八字的；杨雄先生的“蠢迪检柙”，就将“动由规矩”这四个平常字，翻成难字的。《绿野仙踪》记塾师咏“花”，有句云：“媳钗俏矣儿书废，哥罐闻焉嫂棒伤。”自说意思，是儿妇折花为钗，虽然俏丽，但恐儿子因而废读；下联较费解，是他的哥哥折了花来，没有花瓶，就插在瓦罐里，以嗅花香，他嫂嫂为防微杜渐起见，竟用棒子连花和罐一起打坏了。这算是对于冬烘先生的嘲笑。然而他的作法，其实是和杨、班并无不合的，错只在他不用古典而用新典。这一个所谓“错”，就使《文选》之类在遗老遗少们的心眼里保住了威灵。

做得蒙胧，这便是所谓“好”么？答曰：也不尽然，其实是不过掩了丑。但是，“知耻近乎勇”，掩了丑，也就仿佛近乎好了。摩登女郎披下头发，中年妇人罩上面纱，就都是蒙胧术。人类学家解释衣服的起源有三说：一说是因为男女知道了性的羞耻心，用这来遮羞；一说却以为倒是用这来刺激；还有一种是说因为老弱男女，身体衰瘦，露着不好看，盖上一些东西，借此掩掩丑的。从修辞学的立场上看起来，我赞成后一说。现在还常有骈四俪六，典丽堂皇的祭文、挽联、宣言、通电，我们倘去查字典，翻类书，剥去它外面的装饰，翻成白话文，试看那剩下的是怎样的东西呵！？

不懂当然也好的。好在那里呢？即好在“不懂”中。但所虑的是好到令人不能说好丑，所以还不如做得它“难懂”：有一点懂，而下一番苦功之后，所懂的也比较的多起来。我们是向来很有崇拜“难”的脾气的，每餐吃三碗饭，谁也不以为奇，有人每餐要吃十八碗，就郑重其事的写在笔记上；用手穿针没有人看，用脚穿针就可以搭帐篷卖钱；一幅画片，平淡无奇，装在匣子里，挖一个洞，化为西洋镜，人们就张着嘴热心的要看了。况且同是一事，费了苦功而达到的，也比并不费力而达到的可贵。譬如到什么庙里去烧香罢，到山上的，比到平地上的可贵；三步一拜才到庙里的庙，和坐了轿子一径抬到的庙，即使同是这庙，在到达者的心里的可贵的程度是大有高下的。作文之贵乎难懂，就是要使读者三步一拜，这才能够达到一点目的的妙法。

写到这里，成了所讲的不但只是做古文的秘诀，而且是做骗人的古文的秘诀了。但我想，做白话文也没有什么大两样，因为它也可以夹些僻字，加上蒙胧或难懂，来施展那变戏法的障眼的手巾的。倘要反一调，就是“白描”。

“白描”却并没有秘诀。如果要说有，也不过是和障眼法反一调：有真意，去粉饰，少做作，勿卖弄而已。

（十一月十日。）

不应该那么写

凡是有志于创作的青年，第一个想到的问题，大概总是“应该怎样写？”现在市场上陈列着的“小说作法”，“小说法程”之类，就是专掏这类青年的腰包的。然而，好象没有效，从“小说作法”学出来的作者，我们至今还没有听到过。有些青年是设法去问已经出名的作者，那些答案，还很少见有什么发表，但结果是不难推想而知的：不得要领。这也难怪，因为创作是并没有什么秘诀，能够交头接耳，一句话就传授给别一个的，倘不然，只要有这秘诀，就真可以登广告，收学费，开一个三天包成文豪学校了。以中国之大，或者也许会有罢，但是，这其实是骗子。

在不难推想而知的种种答案中，大概总该有一个是“多看大作家的作品”。这恐怕也很不能满文学青年的意，因为太宽泛，茫无边际——然而倒是切实的。凡是已有定评的大作家，他的作品，全部就说明着“应该怎样写”。只是读者很不容易看出，也就不能领悟。因为在学习者一方面，是必须知道了“不应该那么写”，这才会明白原来“应该这么写”的。

这“不应该那么写”，如何知道呢？惠列赛耶夫的《果戈理研究》第六章里，答复着这问题——

> “应该这么写，必须从大作家们的完成了的作品去领会。那么，不应该那么写这一面，恐怕最好是从那同一作品的未定稿本去学习了。在这里，简直好象艺术家在对我们用实物教授。恰如他指着每一行，直接对我们这样说——‘你看——哪，这是应该删去的。这要缩短，这要改作，因为不自然了。在这里，还得加些渲染，使形象更加显豁些。’”

这确是极有益处的学习法，而我们中国却偏偏缺少这样的教材。近几年来，石印的手稿是有一些了，但大抵是学者的著述或日记。也许是因为向来崇尚“一挥而就”，“文不加点”的缘故罢，又大抵是全本干干净净，看不出苦心删改的痕迹来。取材于外国呢，则即使精通文字，也无法搜罗名作的初版以至改定版的各种本子的。

读书人家的子弟熟悉笔墨，木匠的孩子会玩斧凿，兵家儿早识刀枪，没有这样的环境和遗产，是中国的文学青年的先天的不幸。

在没奈何中，想了一个补救法：新闻上的记事，拙劣的小说，那事件，是也有可以写成一部文艺作品的，不过那记事，那小说，却并非文艺——这就是“不应该这样写”的标本。只是和“应该那样写”，却无从比较了。

（四月二十三日。）

不求甚解

文章一定要有注解，尤其是世界要人的文章。有些文学家自己做的文章还要自己来注释，觉得很麻烦。至于世界要人就不然，他们有的是秘书，或是私淑弟子，替他们来做注释的工作。然而另外有一种文章，却是注释不得的。

譬如说，世界第一要人美国总统发表了“和平”宣言，据说是要禁止各国军队越出国境。但是，注释家立刻就说：“至于美国之驻兵于中国，则为条约所许，故不在罗斯福总统所提议之禁止内”（十六日路透社华盛顿电）。再看罗氏的原文：“世界各国应参加一庄严而确切之不侵犯公约，及重行庄严声明其限制及减少军备之义务，并在签约各国能忠实履行其义务时，各自承允不派遣任何性质之武装军队越出国境。”要是认真注解起来，这其实是说：凡是不“确切”，不“庄严”，并不“自己承允”的国家，尽可以派遣任何性质的军队越出国境。至少，中国人且慢高兴，照这样解释，日本军队的越出国境，理由还是十足的；何况连美国自己驻在中国的军队，也早已声明是“不在此例”了。可是，这种认真的注释是叫人扫兴的。

再则，像“誓不签订辱国条约”一句经文，也早已有了不少传注。传曰：“对日妥协，现在无人敢言，亦无人敢行。”这里，主要的是一个“敢”字。但是：签订条约有敢与不敢的分别，这是拿笔杆的人的事，而拿枪杆的人却用不着研究敢与不敢的为难问题——缩短防线，诱敌深入之类的策略是用不着签订的。就是拿笔杆的人也不至于只会签字，假使这样，未免太低能。所以又有一说，谓之“一面交涉”。于是乎注疏就来了：“以不承认为责任者之第三者，用不合理之方法，以口头交涉……清算无益之抗日。”这是日本电通社的消息。这种泄漏天机的注解也是十分讨厌的，因此，这不会不是日本人的“造谣”。

总之，这类文章浑沌一体，最妙是不用注解，尤其是那种使人扫兴或讨厌的注解。

小时候读书讲到陶渊明的“好读书不求甚解”，先生就给我讲了，他说：“不求甚解”者，就是不去看注解，而只读本文的意思。注解虽有，确有人不愿意我们去看的。

（五月十八日。）

做古文和做好人的秘诀

——夜记之五

从去年以来一年半之间，凡有对于我们的所谓批评文字中，最使我觉得气闷的滑稽的，是常燕生先生在一种月刊叫作《长夜》的上面，摆出公正脸孔，说我的作品至少还有十年生命的话。记得前几年，《狂飚》停刊时，同时这位常燕生先生也曾有文章发表，大意说《狂飚》攻击鲁迅，现在书店不愿出版了，安知（！）不是鲁迅运动了书店老板，加以迫害？于是接着大大地颂扬北洋军阀度量之宽宏。我还有些记性，所以在这回的公正脸孔上，仍然隐隐看见刺着那一篇锻炼文字；一面又想起陈源教授的批评法：先举一些美点，以显示其公平，然而接着是许多大罪状——由公平的衡量而得的大罪状。将功折罪，归根结蒂，终于是“学匪”，理应枭首挂在“正人君子”的旗下示众。所以我的经验是：毁或无妨，誉倒可怕，有时候是极其“汲汲乎殆哉”的。更何况这位常燕生先生满身五色旗气味，即令真心许我以作品的不灭，在我也好象宣统皇帝忽然龙心大悦，钦许我死后谥为“文忠”一般。于满肚气闷中的滑稽之余，仍只好诚惶诚恐，特别脱帽鞠躬，敬谢不敏之至了。

但在同是《长夜》的另一本上，有一篇刘大杰先生的文章——这些文章，似乎《中国的文艺论战》上都未收载——我却很感激的读毕了，这或者就因为正如作者所说，和我素不相知，并无私人恩怨，夹杂其间的缘故。然而尤使我觉得有益的，是作者替我设法，以为在这样四面围剿之中，不如放下刀笔，暂且出洋；并且给我忠告，说是在一个人的生活史上留下几张白纸，也并无什么紧要。在仅仅一个人的生活史上，有了几张白纸，或者全本都是白纸，或者竟全本涂成黑纸，地球也决不会因此炸裂，我是早知道的。这回意外地所得的益处，是三十年来，若有所悟，而还是说不出简明扼要的纲领的做古文和做好人的方法，因此恍然抓住了辔头了。

其口诀曰：要做古文，做好人，必须做了一通，仍旧等于一张的白纸。

从前教我们作文的先生，并不传授什么《马氏文通》、《文章作法》之流，一天到晚，只是读、做，读、做；做得不好，又读，又做。他却决不说坏处在那里，作文要怎样。一条暗胡同，一任你自己去摸索，走得通与否，大家听天由命。但偶然之间，也会不知怎么一来——真是“偶然之间”而且“不知怎么一来”，——卷子上的文章，居然被涂改的少下去，留下的，而且有密圈的处所多起来了。于是学生满心欢喜，就照这样——真是自己也莫名其妙，不过是“照这样”——做下去，年深月久之后，先生就不再删改你的文章了，只在篇末批些“有书有笔，不蔓不枝”之类，到这时候，即可以算作“通”。——自然，请高等批评家梁实秋先生来说，恐怕是不通的，但我是就世俗一般而言，所以也姑且从俗。

这一类文章，立意当然要清楚的，什么意见，倒在其次。譬如说，做《工欲善其事，必先利其器论》罢，从正面说，发挥“其器不利，则工事不善”固可，即从反面说，偏以为“工以技为先，技不纯，则器虽利，而事亦不善”也无不可。就是关于皇帝的事，说“天皇圣明，臣罪当诛”固可，即说皇帝不好，一刀杀掉也无不可的，因为我们的孟夫子有言在先，“闻诛独夫纣矣，未闻弑君也”，现在我们圣人之徒，也正是这一个意思儿。但总之，要从头到底，一层一层说下去，弄得明明白白，还是天皇圣明呢，还是一刀杀掉，或者如果都不赞成，那也可以临末声明：“虽穷淫虐之威，而究有君臣之分，君子不为已甚，窃以为放诸四裔可矣”的，这样的做法，大概先生也未必不以为然，因为“中庸”也是我们古圣贤的教训。

然而，以上是清朝末年的话，如果在清朝初年，倘有什么人去一告密，那可会“灭族”也说不定的，连主张“放诸四裔”也不行，这时他不和你来谈什么孟子孔子了。现在革命方才成功，情形大概也和清朝开国之初相仿。（不完）

这是《夜记》之五的小半篇。《夜记》这东西，是我于一九二七年起，想将偶然的感想，在灯下记出，留为一集的，那年就发表了两篇。到得上海，有感于屠戮之凶，又做了一篇半，题为《虐杀》，先讲些日本幕府的磔杀耶教徒，俄国皇帝的酷待革命党之类的事。但不久就遇到了大骂人道主义的风潮，我也就借此偷懒。不再写下去，现在连稿子也不见了。

到得前年，柔石要到一个书店去做杂志的编辑，来托我做点随随便便，看起来不大头痛的文章。这一夜我就又想到做《夜记》，立了这样的题目。大意是想说，中国的作文和做人，都要古已有之，但不可直钞整篇，而须东拉西扯，补缀得看不出缝，这才算是上上大吉。所以做了一大通，还是等于没有做，而批评者则谓之好文章或好人。社会上的一切，什么也没有进步的病根就在此。当夜没有做完，睡觉去了。第二天柔石来访，将写下来的给他看，他皱皱眉头，以为说得太噜苏一点，且怕过占了篇幅。于是我就约他另译一篇短文，将这放下了。

现在去柔石的遇害，已经一年有余了，偶然从乱纸里检出这稿子来，真不胜其悲痛。我想将全文补完，而终于做不到，刚要下笔，又立刻想到别的事情上去了。所谓“人琴俱亡”者，大约也就是这模样的罢。现在只将这半篇附录在这里，以作柔石的记念。

一九三二年四月二十六日之夜，记。

我还不能“带住”

一月三十日《晨报副刊》上满载着一些东西，现在有人称它为“攻周专号”，真是些有趣的玩意儿，倒可以看见绅士的本色。不知怎的，今天的《晨副》忽然将这事结束，照例用通信，李四光教授开场白，徐志摩“诗哲”接后段，一唱一和，甩道“带住！让我们对着混斗的双方猛喝一声，带住！”了。还“声明一句，本刊此后不登载对人攻击的文字”云。

他们的什么“闲话……闲话”问题，本与我没有什么鸟相干，“带住”也好，放开也好，拉拢也好，自然大可以随便玩把戏。但是，前几天不是因为“令兄”关系，连我的“面孔”都攻击过了么？我本没有去“混斗”，倒是株连了我。现在我还没有怎样开口呢，怎么忽然又要“带住”了？从绅士们看来，这自然不过是“侵犯”了我“一言半语”，正无须“跳到半天空”，然而我其实也并没有“跳到半天空”，只是还不能这样地谨听指挥，你要“带住”了，我也就“带住”。

对不起，那些文字我无心细看，“诗哲”所说的要点，似乎是这样闹下去，要失了大学教授的体统，丢了“负有指导青年重责的前辈”的丑，使学生不相信，青年不耐烦了。可怜可怜，有臭赶紧遮起来。“负有指导青年重责的前辈”，有这么多的丑可丢，有那么多的丑怕丢么？用绅士服将“丑”层层包裹，装着好面孔，就是教授，就是青年的导师么？中国的青年不要高帽皮袍，装腔作势的导师；要并无伪饰，——倘没有，也得少有伪饰的导师。倘有戴着假面，以导师自居的，就得叫他除下来，否则，便将它撕下来，互相撕下来。撕得鲜血淋漓，臭架子打得粉碎，然后可以谈后话。这时候，即使只值半文钱，却是真价值；即使丑得要使人“恶心”，却是真面目。

略一揭开，便又赶忙装进缎子盒里去，虽然可以使人疑是钻石，也可以猜作粪土，纵使外面满贴着好招牌，法兰斯呀，萧伯讷呀，……毫不中用的！

李四光教授先劝我“十年读书十年养气”。还一句绅士话罢：盛意可感。书是读过的，不止十年，气也养过的，不到十年，可是读也读不好，养也养不好。我是李教授所早认为应当“投畀豺虎”者之一，此时本已不必温言劝谕，说什么“弄到人家无故受累”，难道真以为自己是“公理”的化身，判我以这样巨罚之后，还要我叩谢天恩么？还有，李教授以为我“东方文学家的风味，似乎格外的充足，……所以总要写到露骨到底，才尽他的兴会。”我自己的意见却绝不同。我正因为生在东方，而且生在中国，所以“中庸”“稳妥”的余毒，还沦肌浃髓，比起法国的勃罗亚——他简直称大报的记者为“蛆虫”——来，真是“小巫见大巫”，使我自惭究竟不及白人之毒辣勇猛。即以李教授的事为例罢：一、因为我知道李教授是科学家，不很“打笔墨官司”的，所以只要可以不提，便不提；只因为要回敬贵会友一杯酒，这才说出“兼差”的事来。二、关于兼差和薪水一节，已在《语丝》(六五)上答复了，但也还没有“写到露骨到底”。

我自己也知道，在中国，我的笔要算较为尖刻的，说话有时也不留情面。但我又知道人们怎样地用了公理正义的美名，正人君子的徽号，温良敦厚的假脸，流言公论的武器，吞吐曲折的文字，行私利己，使无刀无笔的弱者不得喘息。倘使我没有这笔，也就是被欺侮到赴诉无门的一个；我觉悟了，所以要常用，尤其是用于使麒麟皮下露出马脚。万一那些虚伪者居然觉得一点痛苦，有些省悟，知道技俩也有穷时，少装些假面目，则用了陈源教授的话来说，就是一个“教训”。只要谁露出真价值来，即使只值半文，我决不敢轻薄半句。但是，想用了串戏的方法来哄骗，那是不行的；我知道的，不和你们来敷衍。

“诗哲”为援助陈源教授起见，似乎引过罗曼罗兰的话，大意是各人的身上都有鬼，但人却只知道打别人身上的鬼。没有细看，说不清了，要是差不多，那就是一并承认了陈源教授的身上也有鬼，李四光教授自然也难逃。他们先前是自以为没有鬼的。假使真知道了自己身上也有鬼，“带住”的事可就容易办了。只要不再串戏，不再摆臭架子，忘却了你们的教授的头衔，且不做指导青年的前辈，将你们的“公理”的旗插到“粪车”上去，将你们的绅士衣装抛到“臭毛厕”里去，除下假面具，赤条条地站出来说几句真话就够了！

（二月三日。）

答北斗杂志社问

——创作要怎样才会好？

编辑先生：

来信的问题，是要请美国作家和中国上海教授们做的，他们满肚子是“小说法程”和“小说作法”。我虽然做过二十来篇短篇小说，但一向没有“宿见”，正如我虽然会说中国话，却不会写“中国语法入门”一样。不过高情难却，所以只得将自己所经验的琐事写一点在下面——

一、留心各样的事情，多看看，不看到一点就写。

二、写不出的时候不硬写。

三、模特儿不用一个一定的人，看得多了，凑合起来的。

四、写完后至少看两遍，竭力将可有可无的字、句、段删去，毫不可惜。宁可将可作小说的材料缩成Sketch，决不将Sketch材料拉成小说。

五、看外国的短篇小说，几乎全是东欧及北欧作品，也看日本作品。

六、不生造除自己之外，谁也不懂的形容词之类。

七、不相信“小说作法”之类的话。

八、不相信中国的所谓“批评家”之类的话，而看看可靠的外国批评家的评论。

现在所能说的，如此而已。此复，即请

编安！

十二月二十七日。

关于小说题材的通信

来信

L.S. 先生：

要这样冒昧地麻烦先生的心情，是抑制得很久的了，但像我们心目中的先生，大概不会淡漠一个热忱青年的请教的吧。这样几度地思量之后，终于唐突地向你表示我们在文艺上——尤其是短篇小说上的迟疑和犹豫了。

我们曾手写了好几篇短篇小说，所采取的题材：一个是专就其熟悉的小资产阶级的青年，把那些在现时代所显现和潜伏的一般的弱点，用讽刺的艺术手腕表示出来；一个是专就其熟悉的下层人物——在现时代大潮流冲击圈外的下层人物，把那些在生活重压下强烈求生的欲望的朦胧反抗的冲动，刻划在创作里面，——不知这样内容的作品，究竟对现时代，有没有配说得上有贡献的意义？我们初则迟疑，继则提起笔又犹豫起来了。这须请先生给我们一个指示，因为我们不愿意在文艺上的努力，对于目前的时代，成为白费气力，毫无意义的。

我们决定在这一个时代里，把我们的精力放在有意义的文艺上，借此表示我们应有的助力和贡献，并不是先生所说的那一辈略有小名，便去而之他的文人。因此，目前如果先生愿给我们以指示，这指示便会影响到我们终身的。虽然也曾看见过好些普罗作家的创作，但总不愿把一些虚构的人物使其翻一个身就革命起来，却喜欢捉几个熟悉的模特儿，真真实实地刻划出来——这脾气是否妥当，确又没有十分的把握了。所以三番五次的思维，只有冒昧地来唐突先生了。即祝近好！

Ts－c.Y.及Y－f.T.上　十一月廿九日。

回信

Y及T先生：

接到来信后，未及回答，就染了流行性感冒，头重眼肿，连一个字也不能写，近几天总算好起来了，这才来写回信。同在上海，而竟拖延到一个月，这是非常抱歉的。

两位所问的，是写短篇小说的时候，取来应用的材料的问题。而作者所站的立场，如信上所写，则是小资产阶级的立场。如果是战斗的无产者，只要所写的是可以成为艺术品的东西，那就无论他所描写的是什么事情，所使用的是什么材料，对于现代以及将来一定是有贡献的意义的。为什么呢？因为作者本身便是一个战斗者。

但两位都并非那一阶级，所以当动笔之先，就发生了来信所说似的疑问。我想，这对于目前的时代，还是有意义的，然而假使永是这样的脾气，却是不妥当的。

别阶级的文艺作品，大抵和正在战斗的无产者不相干。小资产阶级如果其实并非与无产阶级一气，则其憎恶或讽刺同阶级，从无产者看来，恰如较有聪明才力的公子憎恨家里的没出息子弟一样，是一家子里面的事，无须管得，更说不到损益。例如法国的戈兼，痛恨资产阶级，而他本身还是一个道道地地资产阶级的作家。倘写下层人物（我以为他们是不会“在现时代大潮流冲击圈外”的）罢，所谓客观其实是楼上的冷眼，所谓同情也不过空虚的布施，于无产者并无补助。而且后来也很难言。例如也是法国人的波特莱尔，当巴黎公社初起时，他还很感激赞助，待到势力一大，觉得于自己的生活将要有害，就变成反动了。但就目前的中国而论，我以为所举的两种题材，却还有存在的意义。如第一种，非同阶级是不能深知的，加以袭击，撕其面具，当比不熟悉此中情形者更加有力。如第二种，则生活状态，当随时代而变更，后来的作者，也许不及看见，随时记载下来，至少也可以作这一时代的记录。所以对于现在以及将来，还是都有意义的。不过即使“熟悉”，却未必便是“正确”，取其有意义之点，指示出来，使那意义格外分明，扩大，那是正确的批评家的任务。

因此我想，两位是可以各就自己现在能写的题材，动手来写的。不过选材要严，开掘要深，不可将一点琐屑的没有意思的事故，便填成一篇，以创作丰富自乐。这样写去，到一个时候，我料想必将觉得写完，——虽然这样的题材的人物，即使几十年后，还有作为残滓而存留，但那时来加以描写刻划的，将是别一种作者，别一样看法了。然而两位都是向着前进的青年，又抱着对于时代有所助力和贡献的意志，那时也一定能逐渐克服自己的生活和意识，看见新路的。

总之，我的意思是：现在能写什么，就写什么，不必趋时，自然更不必硬造一个突变式的革命英雄，自称“革命文学”；但也不可苟安于这一点，没有改

革，以致沉没了自己——也就是消灭了对于时代的助力和贡献。此复，即颂

近佳。

L.S. 启。　十二月二十五日。

我怎么做起小说来

我怎么做起小说来？——这来由，已经在《呐喊》的序文上，约略说过了。这里还应该补叙一点的，是当我留心文学的时候，情形和现在很不同：在中国，小说不算文学，做小说的也决不能称为文学家，所以并没有人想在这一条道路上出世。我也并没有要将小说抬进“文苑”里的意思，不过想利用他的力量，来改良社会。

但也不是自己想创作，注重的倒是在绍介，在翻译，而尤其注重于短篇，特别是被压迫的民族中的作者的作品。因为那时正盛行着排满论，有些青年，都引那叫喊和反抗的作者为同调的。所以“小说作法”

之类，我一部都没有看过，看短篇小说却不少，小半是自己也爱看，大半则因了搜寻绍介的材料。也看文学史和批评，这是因为想知道作者的为人和思想，以便决定应否绍介给中国。和学问之类，是绝不相干的。

因为所求的作品是叫喊和反抗，势必至于倾向了东欧，因此所看的俄国、波兰以及巴尔干诸小国作家的东西就特别多。也曾热心的搜求印度、埃及的作品，但是得不到。记得当时最爱看的作者，是俄国的果戈理（N.Gogol）和波兰的显克微支（H.Sienkiewicz）。日本的，是夏目漱石和森鸥外。

回国以后，就办学校，再没有看小说的工夫了，这样的有五六年。为什么又开手了呢？——这也已经写在《呐喊》的序文里，不必说了。但我的来做小说，也并非自以为有做小说的才能，只因为那时是住在北京的会馆里的，要做论文罢，没有参考书，要翻译罢，没有底本，就只好做一点小说模样的东西塞责，这就是《狂人日记》。大约所仰仗的全在先前看过的百来篇外国作品和一点医学上的知识，此外的准备，一点也没有。

但是《新青年》的编辑者，却一回一回的来催，催几回，我就做一篇，这里我必得记念陈独秀先生，他是催促我做小说最着力的一个。

自然，做起小说来，总不免自己有些主见的。例如，说到“为什么”做小说罢，我仍抱着十多年前的“启蒙主义”，以为必须是“为人生”，而且要改良这人生。我深恶先前的称小说为“闲书”，而且将“为艺术的艺术”，看作不过是“消闲”的新式的别号。所以我的取材，多采自病态社会的不幸的人们中，意思是在揭出病苦，引起疗救的注意。所以我力避行文的唠叨，只要觉得够将意思传给别人了，就宁可什么陪衬拖带也没有。中国旧戏上，没有背景，新年卖给孩子看的花纸上，只有主要的几个人（但现在的花纸却多有背景了），我深信对于我的目的，这方法是适宜的，所以我不去描写风月，对话也决不说到一大篇。

我做完之后，总要看两遍，自己觉得拗口的，就增删几个字，一定要它读得顺口；没有相宜的白话，宁可引古语，希望总有人会懂，只有自己懂得或连自己也不懂的生造出来的字句，是不大用的。这一节，许多批评家之中，只有一个人看出来了，但他称我为Stylist。

所写的事迹，大抵有一点见过或听到过的缘由，但决不全用这事实，只是采取一端，加以改造，或生发开去，到足以几乎完全发表我的意思为止。人物的模特儿也一样，没有专用过一个人。往往嘴在浙江，脸在北京，衣服在山西，是一个拼凑起来的脚色。有人说，我的那一篇是骂谁，某一篇又是骂谁，那是完全胡说的。

不过这样的写法，有一种困难，就是令人难以放下笔。一气写下去，这人物就逐渐活动起来，尽了他的任务。但倘有什么分心的事情来一打岔，放下许久之后再来写，性格也许就变了样，情景也会和先前所豫想的不同起来。例如我做的《不周山》，原意是在描写性的发动和创造，以至衰亡的，而中途去看报章，见了一位道学的批评家攻击情诗的文章，心里很不以为然，于是小说里就有一个小人物跑到女娲的两腿之间来，不但不必有，且将结构的宏大毁坏了。但这些处所，除了自己，大概没有人会觉到的，我们的批评大家成仿吾先生，还说这一篇做得最出色。

我想，如果专用一个人做骨干，就可以没有这弊病的，但自己没有试验过。

忘记是谁说的了，总之是，要极省俭的画出一个人的特点，最好是画他的眼睛。我以为这话是极对的，倘若画了全副的头发，即使细得逼真，也毫无意思，我常在学学这一种方法，可惜学不好。

可省的处所，我决不硬添，做不出的时候，我也决不硬做，但这是因为我那时别有收入，不靠卖文为活的缘故，不能作为通例的。

还有一层，是我每当写作，一律抹杀各种的批评。因为那时中国的创作界固然幼稚，批评界更幼稚，不是举之上天，就是按之入地，倘将这些放在眼里，就要自命不凡，或觉得非自杀不足以谢天下的。批评必须坏处说坏，好处说好，才于作者有益。

但我常看外国的批评文章，因为他于我没有恩怨嫉恨，虽然所评的是别人的作品，却很有可以借镜之处。但自然，我也同时一定留心这批评家的派别。

以上，是十年前的事了，此后并无所作，也没有长进，编辑先生要我做一点这类的文章，怎么能呢。拉杂写来，不过如此而已。

（三月五日灯下。）

帮忙文学与帮闲文学

——在北大讲演纪录

我四五年来未到这边，对于这边情形，不甚熟悉；我在上海的情形，也非诸君所知。所以今天还是讲帮闲文学与帮忙文学。

这当怎么讲？从五四运动后，新文学家很提倡小说；其故由当时提倡新文学的人看见西洋文学中小说地位甚高，和诗歌相仿佛；所以弄得像不看小说就不是人似的。但依我们中国的老眼睛看起来，小说是给人消闲的，是为酒余茶后之用。因为饭吃得饱饱的，茶喝得饱饱的，闲起来也实在是苦极的事，那时候又没有跳舞场：明末清初的时候，一份人家必有帮闲的东西存在的。那些会念书会下棋会画画的人，陪主人念念书，下下棋，画几笔画，这叫做帮闲，也就是篾片！所以帮闲文学又名蔑片文学。小说就做着篾片的职务。汉武帝时候，只有司马相如不高兴这样，常常装病不出去。至于究竟为什么装病，我可不知道。倘说他反对皇帝是为了卢布，我想大概是不会的，因为那个时候还没有卢布。大凡要亡国的时候，皇帝无事，臣子谈谈女人，谈谈酒，像六朝的南朝，开国的时候，这些人便做诏令，做敕，做宣言，做电报，——做所谓皇皇大文。主人一到第二代就不忙了，于是臣子就帮闲。所以帮闲文学实在就是帮忙文学。

中国文学从我看起来，可以分为两大类：（一）廊庙文学，这就是已经走进主人家中，非帮主人的忙，就得帮主人的闲；与这相对的是（二）山林文学。唐诗即有此二种。如果用现代话讲起来，是“在朝”和“下野”。后面这一种虽然暂时无忙可帮，无闲可帮，但身在山林，而“心存魏阙”。如果既不能帮忙，又不能帮闲，那么，心里就甚是悲哀了。

中国是隐士和官僚最接近的。那时很有被聘的希望，一被聘，即谓之征君；开当铺，卖糖葫芦是不会被征的。我曾经听说有人做世界文学史，称中国文学为官僚文学。看起来实在也不错。一方面固然由于文字难，一般人受教育少，不能做文章，但在另一方面看起来，中国文学和官僚也实在接近。

现在大概也如此。惟方法巧妙得多了，竟至于看不出来。今日文学最巧妙的有所谓为艺术而艺术派。这一派在五四运动时代，确是革命的，因为当时是向“文以载道”说进攻的，但是现在却连反抗性都没有了。不但没有反抗性，而且压制新文学的发生。对社会不敢批评，也不能反抗，若反抗，便说对不起艺术。故也变成帮忙柏勒思（Plus）帮闲。为艺术而艺术派对俗事是不问的，但对于俗事如主张为人生而艺术的人是反对的，则如《现代评论》派，他们反对骂人，但有人骂他们，他们也是要骂的。他们骂骂人的人，正如杀杀人的一样——他们是刽子手。

这种帮忙和帮闲的情形是长久的。我并不劝人立刻把中国的文物都抛弃了，因为不看这些，就没有东西看；不帮忙也不帮闲的文学真也太不多。现在做文章的人们几乎都是帮闲帮忙的人物。有人说文学家是很高尚的，我却不相信与吃饭问题无关，不过我又以为文学与吃饭问题有关也不打紧，只要能比较的不帮忙不帮闲就好。

Ⅳ　文坛及文艺

文艺和革命

欢喜维持文艺的人们，每在革命地方，便爱说“文艺是革命的先驱”。

我觉得这很可疑。或者外国是如此的罢；中国自有其特别国情，应该在例外。现在妄加编排，以质同志——

1. 革命军。先要有军，才能革命，凡已经革命的地方，都是军队先到的：这是先驱。大军官们也许到得迟一点，但自然也是先驱，无须多说。

（这之前，有时恐怕也有青年潜入宣传，工人起来暗助，但这些人们大抵已经死掉，或则无从查考了，置之不论。）

2. 人民代表。军官们一到，便有人民代表群集车站欢迎，手执国旗，嘴喊口号，“革命空气，非常浓厚”：这是第二先驱。

3. 文学家。于是什么革命文学，民众文学，同情文学，飞腾文学都出来了，伟大光明的名称的期刊也出来了，来指导青年的：这是——可惜得很，但也不要紧——第三先驱。

外国是革命军兴以前，就有被迫出国的卢梭，流放极边的珂罗连珂……。

好了。倘若硬要乐观，也可以了。因为我们常听到所谓文学家将要出国的消息，看见新闻上的记载，广告；看见诗；看见文。虽然尚未动身，却也给我们一种“将来学成归国，了不得呀！”的豫感，——希望是谁都愿意有的。

（十二月二十四夜零点一分五秒。）

书籍和财色

今年在上海所见，专以小孩子为对手的糖担，十有九带了赌博性了，用一个铜元，经一种手续，可有得到一个铜元以上的糖的希望。但专以学生为对手的书店，所给的希望却更其大，更其多——因为那对手是学生的缘故。

书籍用实价，废去“码洋”的陋习，是始于北京的新潮社——北新书局的，后来上海也多仿行，盖那时改革潮流正盛，以为买卖两方面，都是志在改进的人（书店之以介绍文化者自居，至今还时见于广告上），正不必先定虚价，再打折扣，玩些互相欺骗的把戏。然而将麻雀牌送给世界，且以此自豪的人民，对于这样简捷了当，没有意外之利的办法，是终于耐不下去的。于是老病出现了，先是小试其技：送画片。继而打折扣，自九折以至对折，但自然又不是旧法，因为总有一个定期和原因，或者因为学校开学，或者因为本店开张一年半的纪念之类。花色一点的还有赠丝袜，请吃冰淇淋，附送一只锦盒，内藏十件宝贝，价值不资。更加见得切实，然而确是惊人的，是定一年报或买几本书，便有得到“劝学奖金”一百元或“留学经费”二千元的希望。洋场上的“轮盘赌”，付给赢家的钱，最多也不过每一元付了三十六元，真不如买书，那“希望”之大，远甚远甚。

我们的古人有言，“书中自有黄金屋”，现在渐在实现了。但后一句，“书中自有颜如玉”呢？

日报所附送的画报上，不知为了什么缘故而登载的什么“女校高材生”和什么“女士在树下读书”的照相之类，且作别论，则买书一元，赠送裸体画片的勾当，是应该举为带着“颜如玉”气味的一例的了。在医学上，“妇人科”虽然设有专科，但在文艺上，“女作家”分为一类却未免滥用了体质的差别，令人觉得有些特别的。但最露骨的是张竞生博士所开的美的书店，曾经对面呆站着两个年青脸白的女店员，给买主可以问她“《第三种水》出了没有?”等类，一举两得，有玉有书。可惜美的书店竟遭禁止。张博士也改弦易辙，去译《卢骚忏悔录》，此道遂有中衰之叹了。

书籍的销路如果再消沉下去，我想，最好是用女店员卖女作家的作品及照片，仍然抽彩，给买主又有得到“劝学”，“留学”的款子的希望。

我们要批评家

看大概的情形（我们这里得不到确凿的统计），从去年以来，挂着“革命的”的招牌的创作小说的读者已经减少，出版界的趋势，已在转向社会科学了。这不能不说是好现象。最初，青年的读者迷于广告式批评的符咒，以为读了“革命的”创作，便有出路，自己和社会，都可以得救，于是随手拈来，大口吞下，不料许多许多是并不是滋养品，是新袋子里的酸酒，红纸包里的烂肉，那结果，是吃得胸口痒痒的，好象要呕吐。

得了这一种苦楚的教训之后，转而去求医于根本的，切实的社会科学，自然，是一个正当的前进。

然而，大部分是因为市场的需要，社会科学的译著又蜂起云涌了，较为可看的和很要不得的都杂陈在书摊上，开始寻求正确的知识的读者们已经在惶惑。然而新的批评家不开口，类似批评家之流便趁势一笔抹杀：“阿狗阿猫”。

到这里，我们所需要的，就只得还是几个坚实的，明白的，真懂得社会科学及其文艺理论的批评家。

批评家的发生，在中国已经好久了，每一个文学团体中，大抵总有一套文学的人物。至少，是一个诗人，一个小说家，还有一个尽职于宣传本团体的光荣和功绩的批评家。这些团体，都说是志在改革，向旧的堡垒取攻势的，然而还在中途，就在旧的堡垒之下纷纷自己扭打起来，扭得大家乏力了，这才放开了手，因为不过是“扭”而已矣，所以大创是没有的，仅仅喘着气。一面喘着气，一面各自以为胜利，唱着凯歌。旧堡垒上简直无须守兵，只要袖手俯首，看这些新的敌人自己所唱的喜剧就够。他无声，但他胜利了。

这两年中，虽然没有极出色的创作，然而据我所见，印成本子的，如李守章的《跋涉的人们》，台静农的《地之子》，叶永蓁的《小小十年》前半部，柔石的《二月》及《旧时代之死》，魏金枝的《七封信的自传》，刘一梦的《失业以后》，总还是优秀之作。可惜我们的有名的批评家，梁实秋先生还在和陈西滢相呼应，这里可以不提；成仿吾先生是怀念了创造社过去的光荣之后，摇身一变而成为“石厚生”，接着又流星似的消失了；钱杏邨先生近来又只在《拓荒者》上，搀着藏原惟人，一段又一段的，在和茅盾扭结。每一个文学团体以外的作品，在这样忙碌或萧闲的战场，便都被“打发”或默杀了。

这回的读书界的趋向社会科学，是一个好的、正当的转机，不惟有益于别方面，即对于文艺，也可催促它向正确，前进的路。但在出品的杂乱和旁观者的冷笑中，是极容易凋谢的，所以现在所首先需要的，也还是——

几个坚实的、明白的、真懂得社会科学及其文艺理论的批评家。

“中国文坛的悲观”

旅隼

文雅书生中也真有特别善于下泪的人物，说是因为近来中国文坛的混乱，好象军阀割据，便不禁“呜呼”起来了，但尤其痛心诬陷。

其实是作文“藏之名山”的时代一去，而有一个“坛”，便不免有斗争，甚而至于谩骂，诬陷的。明末太远，不必提了；清朝的章实斋和袁子才，李莼客和赵扮叔，就如水火之不可调和；再近些，则有《民报》和《新民丛报》之争，《新青年》派和某某派之争，也都非常猛烈。当初又何尝不使局外人摇头叹气呢，然而胜负一明，时代渐远，战血为雨露洗得干干净净，后人便以为先前的文坛是太平了。在外国也一样，我们现在大抵只知道器俄和霍普德曼是卓卓的文人，但当时他们的剧本开演的时候，就在戏场里捉人，打架，较详的文学史上，还载着打架之类的图。

所以，无论中外古今，文坛上是总归有些混乱，使文雅书生看得要“悲观”的。但也总归有许多所谓文人和文章也者一定灭亡，只有配存在者终于存在，以证明文坛也总归还是干净的处所。增加混乱的倒是有些悲观论者，不施考察，不加批评，但用“彼亦一是非，此亦一是非”的论调，将一切作者，诋为“一丘之貉”。这样子，扰乱是永远不会收场的。然而世间却并不都这样，一定会有明明白白的是非之别，我们试想一想，林琴南攻击文学革命的小说，为时并不久，现在那里去了？

只有近来的诬陷，倒象是颇为出色的花样，但其实也并不比古时候更利害，证据是清初大兴文字之狱的遗闻。况且闹这样玩意的，其实并不完全是文人，十中之九，乃是挂了招牌，而无货色，只好化为黑店，出卖人肉馒头的小盗；即使其中偶然有曾经弄过笔墨的人，然而这时却正是露出原形，在告白他自己的没落，文坛决不因此混乱，倒是反而越加清楚，越加分明起来了。

历史决不倒退，文坛是无须悲观的。悲观的由来，是在置身事外不辨是非，而偏要关心于文坛，或者竟是自己坐在没落的营盘里。

（八月十日。）

论睁了眼看

虚生先生所做的时事短评中，曾有一个这样的题目："我们应该有正眼看各方面的勇气"(《猛进》十九期)。诚然，必须敢于正视，这才可望敢想、敢说、敢作、敢当。倘使并正视而不敢，此外还能成什么气候。然而，不幸这一种勇气，是我们中国人最所缺乏的。

但现在我所想到的是别一方面——

中国的文人，对于人生，——至少是对于社会现象，向来就多没有正视的勇气。我们的圣贤，本来早已教人"非礼勿视"的了；而这"礼"又非常之严，不但"正视"，连"平视""斜视"也不许。现在青年的精神未可知，在体质，却大半还是弯腰曲背，低眉顺眼，表示着老牌的老成的子弟，驯良的百姓，——至于说对外却有大力量，乃是近一月来的新说，还不知道究竟是如何。

再回到“正视”问题去：先既不敢，后便不能，再后，就自然不视，不见了。一辆汽车坏了，停在马路上，一群人围着呆看，所得的结果是一团乌油油的东西。然而由本身的矛盾或社会的缺陷所生的苦痛，虽不正视，却要身受的。文人究竟是敏感人物，从他们的作品上看来，有些人确也早已感到不满，可是一到快要显露缺陷的危机一发之际，他们总即刻连说“并无其事”，同时便闭上了眼睛。这闭着的眼睛便看见一切圆满，当前的苦痛不过是“天之将降大任于是人也，必先苦其心志，劳其筋骨，饿其体肤，空乏其身，行拂乱其所为”。于是无问题，无缺陷，无不平，也就无解决，无改革，无反抗。因为凡事总要“团圆”，正无须我们焦躁；放心喝茶，睡觉大吉。再说费话，就有“不合时宜”之咎，免不了要受大学教授的纠正了。呸！

我并未实验过，但有时候想：倘将一位久蛰洞房的老太爷抛在夏天正午的烈日底下，或将不出闺门的千金小姐拖到旷野的黑夜里，大概只好闭了眼睛，暂续他们残存的旧梦，总算并没有遇到暗或光，虽然已经是绝不相同的现实。中国的文人也一样，万事闭眼睛，聊以自欺，而且欺人，那方法是：瞒和骗。

中国婚姻方法的缺陷，才子佳人小说作家早就感到了，他于是使一个才子在壁上题诗，一个佳人便来和，由倾慕——现在就得称恋爱——而至于有“终身之约”。但约定之后，也就有了难关。我们都知道，“私订终身”在诗和戏曲或小说上尚不失为美谈（自然只以与终于中状元的男人私订为限），实际却不容于天下的，仍然免不了要离异。明末的作家便闭上眼睛，并这一层也加以补救了，说是：才子及第，奉旨成婚。“父母之命媒妁之言”经这大帽子来一压，便成了半个铅钱也不值，问题也一点没有了。假使有之，也只在才子的能否中状元，而决不在婚姻制度的良否。

（近来有人以为新诗人的做诗发表，是在出风头，引异性；且迁怒于报章杂志之滥登。殊不知即使无报，墙壁实“古已有之”，早做过发表机关了；据《封神演义》，纣王已曾在女娲庙壁上题诗，那起源实在非常之早。报章可以不取白话，或排斥小诗，墙壁却拆不完，管不及的；倘一律刷成黑色，也还有破磁可划，粉笔可书，真是穷于应付。做诗不刻木板，去藏之名山，却要随时发表，虽然很有流弊，但大概是难以杜绝的罢。）

《红楼梦》中的小悲剧，是社会上常有的事，作者又是比较的敢于实写的，而那结果也并不坏。无论贾氏家业再振，兰桂齐芳，即宝玉自己，也成了个披大红猩猩毡斗篷的和尚。和尚多矣，但披这样阔斗篷的能有几个，已经是“入圣超凡”无疑了。至于别的人们，则早在册子里一一注定，末路不过是一个归结：是问题的结束，不是问题的开头。读者即小有不安，也终于奈何不得。然而后来或续或改，非借尸还魂，即冥中另配，必令“生旦当场团圆”，才肯放手者，乃是自欺欺人的瘾太大，所以看了小小骗局，还不甘心，定须闭眼胡说一通而后快。赫克尔（E.

Haeckel）说过：人和人之差，有时比类人猿和原人之差还远。我们将《红楼梦》的续作者和原作者一比较，就会承认这话大概是确实的。

“作善降祥”的古训，六朝人本已有些怀疑了，他们作墓志，竟会说“积善不报，终自欺人”的话。但后来的昏人，却又瞒起来。元刘信将三岁痴儿抛入醮纸火盆，妄希福祐，是见于《元典章》的；剧本《小张屠焚儿救母》却道是为母延命，命得延，儿亦不死了。一女愿侍痼疾之夫，《醒世恒言》中还说终于一同自杀的；后来改作的却道是有蛇坠入药罐里，丈夫服后便痊愈了。凡有缺陷，一经作者粉饰，后半便大抵改观，使读者落诬妄中，以为世间委实尽够光明，谁有不幸，便是自作，自受。

有时遇到彰明的史实，瞒不下，如关羽岳飞的被杀，便只好别设骗局了。一是前世已造夙因，如岳飞：一是死后使他成神，如关羽。定命不可逃，成神的善报更满人意，所以杀人者不足责，被杀者也不足悲，冥冥中自有安排，使他们各得其所，正不必别人来费力了。

中国人的不敢正视各方面，用瞒和骗，造出奇妙的逃路来，而自以为正路。在这路上，就证明着国民性的怯弱、懒惰，而又巧滑。一天一天的满足着，即一天一天的堕落着，但却又觉得日见其光荣。在事实上，亡国一次，即添加几个殉难的忠臣，后来每不想光复旧物，而只去赞美那几个忠臣；遭劫一次，即造成一群不辱的烈女，事过之后，也每每不思惩凶，自卫，却只顾歌咏那一群烈女。仿佛亡国遭劫的事，反而给中国人发挥“两间正气”的机会，增高价值，即在此一举，应该一任其至，不足忧悲似的。自然，此上也无可为，因为我们已经借死人获得最上的光荣了。沪汉烈士的追悼会中，活的人们在一块很可景仰的高大的木主下互相打骂，也就是和我们的先辈走着同一的路。

文艺是国民精神所发的火光，同时也是引导国民精神的前途的灯火。这是互为因果的，正如麻油从芝麻榨出，但以浸芝麻，就使它更油。倘以油为上，就不必说；否则，当参入别的东西，或水或碱去。中国人向来因为不敢正视人生，只好瞒和骗，由此也生出瞒和骗的文艺来，由这文艺，更令中国人更深地陷入瞒和骗的大泽中，甚而至于已经自己不觉得。世界日日改变，我们的作家取下假面，真诚地，深入地，大胆地看取人生并且写出他的血和肉来的时候早到了；早就应该有一片崭新的文场，早就应该有几个凶猛的闯将！

现在，气象似乎一变，到处听不见歌吟花月的声音了，代之而起的是铁和血的赞颂。然而倘以欺瞒的心，用欺瞒的嘴，则无论说A和O，或Y和Z，一样是虚假的；只可以吓哑了先前鄙薄花月的所谓批评家的嘴，满足地以为中国就要中兴。可怜他在“爱国”的大帽子底下又闭上了眼睛了——或者本来就闭着。

没有冲破一切传统思想和手法的闯将，中国是不会有真的新文艺的。

（一九二五年七月二十二日。）

文学和出汗

上海的教授对人讲文学，以为文学当描写永远不变的人性，否则便不久长。例如英国，莎士比亚和别的一两个人所写的是永久不变的人性，所以至今流传，其余的不这样，就都消灭了云。

这真是所谓“你不说我倒还明白，你越说我越胡涂”了。英国有许多先前的文章不流传，我想，这是总会有的，但竟没有想到它们的消灭，乃因为不写永久不变的人性。现在既然知道了这一层，却更不解它们既已消灭，现在的教授何从看见，却居然断定它们所写的都不是永久不变的人性了。

只要流传的便是好文学，只要消灭的便是坏文学；抢得天下的便是王，抢不到天下的便是贼。莫非中国式的历史论，也将沟通了中国人的文学论欤？

而且，人性是永久不变的么？

类人猿，类猿人，原人，古人，今人，未来的人，……如果生物真会进化，人性就不能永久不变。不说类猿人，就是原人的脾气，我们大约就很难猜得着的，则我们的脾气，恐怕未来的人也未必会明白。要写永久不变的人性，实在难哪。

譬如出汗罢，我想，似乎于古有之，于今也有，将来一定暂时也还有，该可以算得较为“永久不变的人性”了。然而“弱不禁风”的小姐出的是香汗，“蠢笨如牛”的工人出的是臭汗。不知道倘要做长留世上的文字，要充长留世上的文学家，是描写香汗好呢，还是描写臭汗好？这问题倘不先行解决，则在将来文学史上的位置，委实是“岌岌乎殆哉”。

听说，例如英国，那小说，先前是大抵写给太太小姐们看的，其中自然是香汗多；到十九世纪后半，受了俄国文学的影响，就很有些臭汗气了。那一种的命长，现在似乎还在不可知之数。

在中国，从道士听论道，从批评家听谈文，都令人毛孔痉挛，汗不敢出。然而这也许倒是中国的“永久不变的人性”罢。

（二七，一二，二三。）

无声的中国

——二月十六日在香港青年会讲

以我这样没有什么可听的无聊的讲演，又在这样大雨的时候，竟还有这许多来听的诸君，我首先应当声明我的郑重的感谢。

我现在所讲的题目是：《无声的中国》。

现在，浙江、陕西，都在打仗，那里的人民哭着呢还是笑着呢，我们不知道。香港似乎很太平，住在这里的中国人，舒服呢还是不很舒服呢，别人也不知道。

发表自己的思想、感情给大家知道的是要用文章的，然而拿文章来达意，现在一般的中国人还做不到。这也怪不得我们；因为那文字，先就是我们的祖先留传给我们的可怕的遗产。人们费了多年的工夫，还是难于运用。因为难，许多人便不理它了，甚至于连自己的姓也写不清是张还是章，或者简直不会写，或者说道：Chang。虽然能说话，而只有几个人听到，远处的人们便不知道，结果也等于无声。又因为难，有些人便当作宝贝，像玩把戏似的，之乎者也，只有几个人懂，——其实是不知道可真懂，而大多数的人们却不懂得，结果也等于无声。

文明人和野蛮人的分别，其一，是文明人有文字，能够把他们的思想，感情，藉此传给大众，传给将来。中国虽然有文字，现在却已经和大家不相干，用的是难懂的古文，讲的是陈旧的古意思，所有的声音，都是过去的，都就是只等于零的。所以，大家不能互相了解，正像一大盘散沙。

将文章当作古董，以不能使人认识，使人懂得为好，也许是有趣的事罢。但是，结果怎样呢？是我们已经不能将我们想说的话说出来。我们受了损害，受了侮辱，总是不能说出些应说的话。拿最近的事情来说，如中、日战争，拳匪事件，民元革命这些大事件，一直到现在，我们可有一部像样的著作？民国以来，也还是谁也不作声。反而在外国，倒常有说起中国的，但那都不是中国人自己的声音，是别人的声音。

这不能说话的毛病，在明朝是还没有这样厉害的；他们还比较地能够说些要说的话。待到满洲人以异族侵入中国，讲历史的，尤其是讲宋末的事情的人被杀害了，讲时事的自然也被杀害了。所以，到乾隆年间，人民大家便更不敢用文章来说话了。所谓读书人，便只好躲起来读经，校刊古书，做些古时的文章，和当时毫无关系的文章。有些新意，也还是不行的；不是学韩，便是学苏。韩愈、苏轼他们，用他们自己的文章来说当时要说的话，那当然可以的，我们却并非唐、宋时人，怎么做和我们毫无关系的时候的文章呢。即使做得像，也是唐、宋时代的声音，韩愈、苏轼的声音，而不是我们现代的声音。然而直到现在，中国人却还要着这样的旧戏法。人是有的，没有声音，寂寞得很。——人会没有声音的么？没有，可以说：是死了。倘要说得客气一点，那就是：已经哑了。

要恢复这多年无声的中国，是不容易的，正如命令一个死掉的人道："你活过来！"我虽然并不懂得宗教，但我以为正如想出现一个宗教上之所谓"奇迹"一样。

首先来尝试这工作的是"五四运动"前一年，胡适之先生所提倡的"文学革命"。"革命"这两个字，在这里不知道可害怕，有些地方是一听到就害怕的。但这和文学两字连起来的"革命"，却没有法国革命的"革命"那么可怕，不过是革新，改换一个字，就很平和了，我们就称为"文学革新"罢，中国文字上，这样的花样是很多的。那大意也并不可怕，不过说：我们不必再去费尽心机，学说古代的死人的话，要说现代的活人的话；不要将文章看作古董，要做容易懂得的白话的文章。然而，单是文学革新是不够的，因为腐败思想，能用古文做，也能用白话做。所以后来就有人提倡思想革新。思想革新的结果，是发生社会革新运动。这运动一发生，自然一面就发生反动，于是便酿成战斗……。

但是，在中国，刚刚提起文学革新，就有反动了。不过白话文却渐渐风行起来，不大受阻碍。这是怎么一回事呢？就因为当时又有钱玄同先生提倡废止汉字，用罗马字母来替代。这本也不过是一种文字革新，很平常的，但被不喜欢改革的中国人听见，就大不得了了，于是便放过了比较的平和的文学革命，而竭力来骂钱玄同。白话乘了这一个机会，居然减去了许多敌人，反而没有阻碍，能够流行了。

中国人的性情是总喜欢调和，折中的。譬如你说，这屋子太暗，须在这里开一个窗，大家一定不允许的。但如果你主张拆掉屋顶，他们就会来调和，愿意开窗了。没有更激烈的主张，他们总连平和的改革也不肯行。那时白话文之得以通行，就因为有废掉中国字而用罗马字母的议论的缘故。

其实，文言和白话的优劣的讨论，本该早已过去了，但中国是总不肯早早解决的，到现在还有许多无谓的议论。例如，有的说：古文各省人都能懂，白话就各处不同，反而不能互相了解了。殊不知这只要教育普及和交通发达就好，那时就人人都能懂较为易解的白话文；至于古文，何尝各省人都能懂，便是一省里，也没有许多人懂得的。有的说：如果都用白话文，人们便不能看古书，中国的文化就灭亡了。其实呢，现在的人们大可以不必看古书，即使古书里真有好东西，也可以用白话来译出的，用不着那么心惊胆战。他们又有人说，外国尚且译中国书，足见其好，我们自己倒不看么？殊不知埃及的古书，外国人也译，非洲黑人的神话，外国人也译，他们别有用意，即使译出，也算不了怎样光荣的事的。

近来还有一种说法，是思想革新紧要，文字改革倒在其次，所以不如用浅显的文言来作新思想的文章，可以少招一重反对。这话似乎也有理。然而我们知道，连他长指甲都不肯剪去的人，是决不肯剪去他的辫子的。

因为我们说着古代的话，说着大家不明白，不听见的话，已经弄得像一盘散沙，痛痒不相关了。我们要活过来，首先就须由青年们不再说孔子、孟子和韩愈、柳宗元们的话。时代不同，情形也两样，孔子时代的香港不这样，孔子口调的《香港论》是无从做起的，“吁嗟阔哉香港也”，不过是笑话。

我们要说现代的，自己的话；用活着的白话，将自己的思想，感情直白地说出来。但是，这也要受前辈先生非笑的。他们说白话文卑鄙，没有价值；他们说年青人作品幼稚，贻笑大方。我们中国能做文言的有多少呢，其余的都只能说白话，难道这许多中国人，就都是卑鄙，没有价值的么？至于幼稚，尤其没有什么可羞，正如孩子对于老人，毫没有什么可羞一样。幼稚是会生长，会成熟的，只不要衰老，腐败，就好。倘说待到纯熟了才可以动手，那是虽是村妇也不至于这样蠢。她的孩子学走路，即使跌倒了，她决不至于叫孩子从此躺在床上，待到学会了走法再下地面来的。

青年们先可以将中国变成一个有声的中国。大胆地说话，勇敢地进行，忘掉了一切利害，推开了古人，将自己的真心的话发表出来。——真，自然是不容易的。譬如态度，就不容易真，讲演时候就不是我的真态度，因为我对朋友，孩子说话时候的态度是不这样的。——但总可以说些较真的话，发些较真的声音。只有真的声音，才能感动中国的人和世界的人；必须有了真的声音，才能和世界的人同在世界上生活。

我们试想现在没有声音的民族是那几种民族。我们可听到埃及人的声音？可听到安南、朝鲜的声音？印度除了泰戈尔，别的声音可还有？

我们此后实在只有两条路：一是抱着古文而死掉，一是舍掉古文而生存。

沉滓的泛起

日本占据了东三省以后的在上海一带的表示，报章上叫作“国难声中”。在这“国难声中”，恰如用棍子搅了一下停滞多年的池塘，各种古的沉滓，新的沉滓，就都翻着筋斗漂上来，在水面上转一个身，来趁势显示自己的存在了。

自信现在可以说能打仗的，是要操练久不想起的洋枪了，但也有现在也不想说去打仗的，那就照欧洲大战时候的德意志帝国的例，来“头脑动员”，以尽“国民一份子”的义务。有的去查《唐书》，说日本古名“倭奴”；有的去翻字典，说倭是矮小之意，有的记得了文天祥、岳飞、林则徐，——但自然，更积极的是新的文艺界。

先说一点另外的事罢，这叫作“和平声中”。在这样的声中，是“胡展堂先生”到了上海，据说还告诫青年，教他们要养“力”勿使“气”。灵药就有了。第二天在报上便见广告道：“胡汉民先生说，对日外交，应确定一坚强之原则，并劝勉青年须养力，毋泄气，养力就是强身，泄气就是悲观，要强身祛悲观，须先心花怒放，大笑一次。”但这样的宝贝是什么呢？是美国的一张旧影片，将探险滑稽化以博小市民一笑的《两亲家游非洲》。

至于真的“国难声中的兴奋剂”呢，那是“爱国歌舞表演”，自己说，“是民族性的活跃，是歌舞界的精髓，促进同胞的努力，达到最后的胜利”的。倘有知道这立奏奇功的大明星是谁么？曰：王人美、薛玲仙、黎莉莉。

然而终于“上海文艺界大团结”了。《草野》（六卷七号）上记着盛况道：“上海文艺界同人，平时很少联络，在严重时期，除各个参加其他团体的工作外，复由谢六逸、朱应鹏、徐蔚南三人发起，……集会讨论。在十月六日下午三点钟，已陆续到了东亚食堂，……略进茶点，即开始讨论，颇多发挥，……最后定名为上海文艺界救国会”云。

“发挥”我们还无从知道，仅据眼前的方法看起来，是先看《两亲家游非洲》以养力，又看“爱国的歌舞表演”以兴奋，更看《日本小品文选》和《艺术三家言》并且略进茶点而发挥。那么，中国就得救了。

不成。这恐怕不必文学青年，就是文学小囡囡，也未必会相信。没有法子，只得再加上两个另外的好消息，就是目前的爱国文艺家所主宰的《申报》所发表出来的——

十月五日的《自由谈》里叶华女士云：

> “无办法之国民，如何有有办法之政府。国联绝望矣。……际兹一发千钧，全国国民宜各立所志，各尽所能，各抒所见，余也不才，谨以战犬问题商诸国人。……各犬中，要以德国警犬最称职，余极主张吾国可选择是犬作战……”

同月二十五日也是《自由谈》里“甦民自汉口寄”云：

> “日者寓书沪友王子仲良，问及余之病状，而以不能投身义勇军为憾。王子……竟以灵药一裹见寄，云为培生制药公司所出益金草，功能治肺痨咳血，可一试之。……余立行试服，则咳果止，兼旬而后，体气渐复，因念……一旦国家有事，吾必身列戎行，一展平生之壮志，灭此朝食，行有日矣。……”

那是连病夫也立刻可以当兵，警犬也将帮同爱国，在爱国文艺家的指导之下，真是大可乐观，要“灭此朝食”了。只可惜不必是文学青年，就是文学小囡囡，也会觉得逐段看去，即使不称为“广告”的，也都不过是出卖旧货的新广告，要趁“国难声中”或“和平声中”将利益更多的榨到自己的手里的。

因为要这样，所以都得在这个时候，趁势在表面来泛一下，明星也有，文艺家也有，警犬也有，药也有……也因为趁势，泛起来就格外省力。但因为泛起来的是沉滓，沉滓又究竟不过是沉滓，所以因此一泛，他们的本相倒越加分明，而最后的运命，也还是仍旧沉下去。

（十月二十九日。）

黑暗中国的文艺界的现状
——为美国“新群众”作

现在，在中国，无产阶级的革命的文艺运动，其实就是惟一的文艺运动。因为这乃是荒野中的萌芽，除此以外，中国已经毫无其他文艺。属于统治阶级的所谓“文艺家”，早已腐烂到连所谓“为艺术的艺术”以至“颓废”的作品也不能生产，现在来抵制左翼文艺的，只有诬蔑、压迫、囚禁和杀戮；来和左翼作家对立的，也只有流氓、侦探、走狗、刽子手了。

这一点，已经由两年以来的事实，证明得十分明白。

前年，最初绍介蒲力汗诺夫（Plekhanov）和卢那卡尔斯基（Lunacharsky）的文艺理论进到中国的时候，先使一位白璧德先生（Mr. Prof. Irving Babbitt）的门徒，感觉锐敏的“学者”愤慨，他以为文艺原不是无产阶级的东西，无产者倘要创作或鉴赏文艺，先应该辛苦地积钱，爬上资产阶级去，而不应该大家浑身褴褛，到这花园中来吵嚷。并且造出谣言，说在中国主张无产阶级文学的人，是得了苏俄的卢布。这方法也并非毫无效力，许多上海的新闻记者就时时捏造新闻，有时还登出卢布的数目。但明白的读者们并不相信它，因为比起这种纸上的新闻来，他们却更切实地在事实上看见只有从帝国主义国家运到杀戮无产者的枪炮。

统治阶级的官僚，感觉比学者慢一点，但去年也就日加迫压了。禁期刊，禁书籍，不但内容略有革命性的，而且连书面用红字的，作者是俄国的，绥拉菲摩维支（A.Serafimovitch），伊凡诺夫（V.Ivanov）和奥格涅夫（N.Ognev）不必说了，连契诃夫（A.Chekhov）和安特来夫（L.Andreev）的有些小说，也都在禁止之列。于是使书店只好出算学教科书和童话，如 Mr. Cat 和 Miss Rose 谈天，称赞春天如何可爱之类——因为至尔妙伦（H. Zur Mühlen）所作的童话的译本也已被禁止，所以只好竭力称赞春天。但现在又有一位将军发怒，说动物居然也能说话而且称为 Mr.，有失人类的尊严了。

单是禁止，还不是根本的办法，于是今年有五个左翼作家失了踪，经家族去探听，知道是在警备司令部，然而不能相见，半月以后，再去问时，却道已经"解放"——这是"死刑"的嘲弄的名称——了，而上海的一切中文和西文的报章上，绝无记载。接着是封闭曾出新书或代售新书的书店，多的时候，一天五家，——但现在又陆续开张了，我们不知道是怎么一回事，惟看书店的广告，知道是在竭力印些英汉对照，如斯蒂文生（Robert Stevenson），槐尔特（Oscar Wilde）等人的文章。

然而统治阶级对于文艺，也并非没有积极的建设。一方面，他们将几个书店的原先的老板和店员赶开，暗暗换上肯听嗾使的自己的一伙。但这立刻失败了。因为里面满是走狗，这书店便像一座威严的衙门，而中国的衙门，是人民所最害怕最讨厌的东西，自然就没有人去。喜欢去跑跑的还是几只闲逛的走狗。这样子，又怎能使门市热闹呢？但是，还有一方面，是做些文章，印行杂志，以代被禁止的左翼的刊物，至今为止，已将十种。然而这也失败了。最有妨碍的是这些“文艺”的主持者，乃是一位上海市的政府委员和一位警备司令部的侦缉队长，他们的善于“解放”的名誉，都比“创作”要大得多。他们倘做一部“杀戮法”或“侦探术”，大约倒还有人要看的，但不幸竟在想画画，吟诗。这实在譬如美国的亨利·福特（Henry Ford）先生不谈汽车，却来对大家唱歌一样，只令人觉得非常诧异。

官僚的书店没有人来，刊物没有人看，救济的方法，是去强迫早经有名，而并不分明左倾的作者来做文章，帮助他们的刊物的流布。那结果，是只有一两个胡涂的中计，多数却至今未曾动笔，有一个竟吓得躲到不知道什么地方去了。

现在他们里面的最宝贵的文艺家，是当左翼文艺运动开始，未受迫害，为革命的青年所拥护的时候，自称左翼，而现在爬到他们的刀下，转头来害左翼作家的几个人。为什么被他们所宝贵的呢？因为他曾经是左翼，所以他们的有几种刊物，那面子还有一部分是通红的，但将其中的农工的图，换上了毕亚兹莱（Aubrey Beardsley）的个个好象病人的图画了。

在这样的情形之下，那些读者们，凡是一向爱读旧式的强盗小说的和新式的肉欲小说的，倒并不觉得不便。然而较进步的青年，就觉得无书可读，他们不得已，只得看看空话很多，内容极少——这样的才不至于被禁止——的书，姑且安慰饥渴，因为他们知道，与其去买官办的催吐的毒剂，还不如喝喝空杯，至少，是不至于受害。但一大部分革命的青年，却无论如何，仍在非常热烈地要求、拥护、发展左翼文艺。

所以，除官办及其走狗办的刊物之外，别的书店的期刊，还是不能不设种种方法，加入几篇比较的急进的作品去，他们也知道专卖空杯，这生意决难久长。左翼文艺有革命的读者大众支持，“将来”正属于这一面。

这样子，左翼文艺仍在滋长。但自然是好象压于大石之下的萌芽一样，在曲折地滋长。

所可惜的，是左翼作家之中，还没有农工出身的作家。一者，因为农工历来只被迫压，榨取，没有略受教育的机会；二者，因为中国的象形——现在是早已变得连形也不像了——的方块字，使农工虽是读书十年，也还不能任意写出自己的意见。这事情很使拿刀的“文艺家”喜欢。他们以为受教育能到会写文章，至少一定是小资产阶级，小资产者应该抱住自己的小资产，现在却反而倾向无产者，那一定是“虚伪”。惟有反对无产阶级文艺的小资产阶级的作家倒是出于“真”心的。“真”比“伪”好，所以他们的对于左翼作家的诬蔑、压迫、囚禁和杀戮，便是更好的文艺。

但是，这用刀的“更好的文艺”，却在事实上，证明了左翼作家们正和一样在被压迫被杀戮的无产者负着同一的运命，惟有左翼文艺现在在和无产者一同受难（Passion），将来当然也将和无产者一同起来。单单的杀人究竟不是文艺，他们也因此自己宣告了一无所有了。

小杂感

蜜蜂的刺，一用即丧失了它自己的生命；犬儒的刺，一用则苟延了他自己的生命。

他们就是如此不同。

约翰穆勒说：专制使人们变成冷嘲。

而他竟不知道共和使人们变成沉默。

要上战场，莫如做军医；要革命，莫如走后方；要杀人，莫如做刽子手。既英雄，又稳当。

与名流学者谈，对于他之所讲，当装作偶有不懂之处。太不懂被看轻，太懂了被厌恶。偶有不懂之处，彼此最为合宜。

世间大抵只知道指挥刀所以指挥武士，而不想到也可以指挥文人。

又是演讲录，又是演讲录。

但可惜都没有讲明他何以和先前大两样了；也没有讲明他演讲时，自己是否真相信自己的话。

阔的聪明人种种譬如昨日死。

不阔的傻子种种实在昨日死。

曾经阔气的要复古，正在阔气的要保持现状，未曾阔气的要革新。

大抵如是。大抵！

他们之所谓复古，是回到他们所记得的若干年前，并非虞、夏、商、周。

女人的天性中有母性，有女儿性；无妻性。

妻性是逼成的，只是母性和女儿性的混合。

防被欺。

自称盗贼的无须防，得其反倒是好人；自称正人君子的必须防，得其反则是盗贼。

楼下一个男人病得要死，那间壁的一家唱着留声机；对面是弄孩子。楼上有两人狂笑；还有打牌声。河中的船上有女人哭着她死去的母亲。

人类的悲欢并不相通，我只觉得他们吵闹。

每一个破衣服人走过，叭儿狗就叫起来，其实并非都是狗主人的意旨或使嗾。

叭儿狗往往比它的主人更严厉。

恐怕有一天总要不准穿破布衫，否则便是共产党。

革命，反革命，不革命。

革命的被杀于反革命的。反革命的被杀于革命的。不革命的或当作革命的而被杀于反革命的，或当作反革命的而被杀于革命的，或并不当作什么而被杀于革命的或反革命的。

革命，革革命，革革革命，革革……。

人感到寂寞时，会创作；一感到干净时，即无创作，他已经一无所爱。

创作总根于爱。

杨朱无书。

创作虽说抒写自己的心，但总愿意有人看。

创作是有社会性的。

但有时只要有一个人看便满足：好友，爱人。

人往往憎和尚，憎尼姑，憎回教徒，憎耶教徒，而不憎道士。

懂得此理者，懂得中国大半。

要自杀的人，也会怕大海的汪洋，怕夏天死尸的易烂。

但遇到澄静的清池，凉爽的秋夜，他往往也自杀了。

凡为当局所“诛”者皆有“罪”。

刘邦除秦苛暴，“与父老约，法三章耳。”

而后来仍有族诛，仍禁挟书，还是秦法。

法三章者，话一句耳。

一见短袖子，立刻想到白臂膊，立刻想到全裸体，立刻想到生殖器，立刻想到性交，立刻想到杂交，立刻想到私生子。

中国人的想象惟在这一层能够如此跃进。

（九月二十四日。）

文学上的折扣

有一种无聊小报，以登载诬蔑一部分人的小说自鸣得意，连姓名也都给以影射的，忽然对于投稿，说是“如含攻讦个人或团体性质者恕不揭载”了，便不禁想到了一些事——

凡我所遇见的研究中国文学的外国人中，往往不满于中国文章之夸大。这真是虽然研究中国文学，恐怕到死也还不会懂得中国文学的外国人。倘是我们中国人，则只要看过几百篇文章，见过十来个所谓“文学家”的行径，又不是刚刚“从民间来”的老实青年，就决不会上当。因为我们惯熟了，恰如钱店伙计的看见钞票一般，知道什么是通行的，什么是该打折扣的，什么是废票，简直要不得。

譬如说罢，称赞贵相是“两耳垂肩”，这时我们便至少将他打一个对折，觉得比通常也许大一点，可是决不相信他的耳朵像猪猡一样。说愁是“白发三千丈”，这时我们便至少将他打一个二万扣，以为也许有七八尺，但决不相信它会盘在顶上像一个大草囤。这种尺寸，虽然有些模胡，不过总不至于相差太远。反之，我们也能将少的增多，无的化有，例如戏台上走出四个拿刀的瘦伶仃的小戏子，我们就知道这是十万精兵；刊物上登载一篇俨乎其然的像煞有介事的文章，我们就知道字里行间还有看不见的鬼把戏。

又反之，我们并且能将有的化无，例如什么“枕戈待旦”呀，“卧薪尝胆”呀，“尽忠报国”呀，我们也就即刻会看成白纸，恰如还未定影的照片，遇到了日光一般。

但这些文章，我们有时也还看。苏东坡贬黄州时，无聊之至，有客来，便要他谈鬼。客说没有。东坡道：“你姑且胡说一通罢。”我们的看，也不过这意思。但又可知道社会上有这样的东西，是费去了多少无聊的眼力。人们往往以为打牌，跳舞有害，实则这种文章的害还要大，因为一不小心，就会给它教成后天的低能儿的。

《颂》诗早已拍马，《春秋》已经隐瞒，战国时谈士蜂起，不是以危言耸听，就是以美词动听，于是夸大，装腔，撒谎，层出不穷。现在的文人虽然改著了洋服，而骨髓里却还埋着老祖宗，所以必须取消或折扣，这才显出几分真实。

“文学家”倘不用事实来证明他已经改变了他的夸大，装腔，撒谎……的老脾气，则即使对天立誓，说是从此要十分正经，否则天诛地灭，也还是徒劳的。因为我们也早已看惯了许多家都钉着“假冒王麻子灭门三代”的金漆牌子的了，又何况他连小尾巴也还在摇摇摇呢。

（三月十二日。）

文人无文

在一种姓“大”的报的副刊上，有一位“姓张的”在“要求中国有为的青年，切勿借了‘文人无行’的幌子，犯着可诟病的恶癖。”这实在是对透了的。但那“无行”的界说，可又严紧透顶了。据说：“所谓无行，并不一定是指不规则或不道德的行为，凡一切不近人情的恶劣行为，也都包括在内。”

接着就举了一些日本文人的“恶癖”的例子，来作中国的有为的青年的殷鉴，一条是“宫地嘉六爱用指爪搔头发”，还有一条是“金子洋文喜舐嘴唇”。

自然，嘴唇干和头皮痒，古今的圣贤都不称它为美德，但好象也没有斥为恶德的。不料一到中国上海的现在，爱搔喜舐，即使是自己的嘴唇和头发罢，也成了“不近人情的恶劣行为”了。如果不舒服，也只好熬着。要做有为的青年或文人，真是一天一天的艰难起来了。

但中国文人的“恶癖”，其实并不在这些，只要他写得出文章来，或搔或舐，都不关紧要，“不近人情”的并不是“文人无行”，而是“文人无文”。

我们在两三年前，就看见刊物上说某诗人到西湖吟诗去了，某文豪在做五十万字的小说了，但直到现在，除了并未豫告的一部《子夜》而外，别的大作都没有出现。

拾些琐事，做本随笔的是有的；改首古文，算是自作的是有的。讲一通昏话，称为评论；编几张期刊，暗捧自己的是有的。收罗猥谈，写成下作；聚集旧文，印作评传的是有的。甚至于翻些外国文坛消息，就成为世界文学史家；凑一本文学家辞典，连自己也塞在里面，就成为世界的文人的也有。然而，现在到底也都是中国的金字招牌的“文人”。

文人不免无文，武人也一样不武。说是“枕戈待旦”的，到夜还没有动身，说是“誓死抵抗”的，看见一百多个敌兵就逃走了。只是通电宣言之类，却大做其骈体，“文”得异乎寻常。“偃武修文”，古有明训，文星全照到营子里去了。于是我们的“文人”，就只好不舐嘴唇，不搔头发，揣摩人情，单落得一个“有行”完事。

（三月二十八日。）

论“第三种人”

这三年来，关于文艺上的论争是沉寂的，除了在指挥刀的保护之下，挂着“左翼”的招牌，在马克斯主义里发见了文艺自由论，列宁主义里找到了杀尽“共匪”说的论客的“理论”之外，几乎没有人能够开口，然而，倘是“为文艺而文艺”的文艺，却还是“自由”的，因为他决没有收了卢布的嫌疑。但在“第三种人”，就是“死抱住文学不放的人”，又不免有一种苦痛的豫感：左翼文坛要说他是“资产阶级的走狗”。

代表了这一种“第三种人”来鸣不平的，是《现代》杂志第三和第六期上的苏汶先生的文章。（我在这里先应该声明：我为便利起见，暂且用了“代表”、“第三种人”这些字眼，虽然明知道苏汶先生的“作家之群”，是也如拒绝“或者”、“多少”，“影响”这一类不十分决定的字眼一样，不要固定的名称的，因为名称一固定，也就不自由了）他以为左翼的批评家，动不动就说作家是“资产阶级的走狗”，甚至于将中立者认为非中立，而一非中立，便有认为“资产阶级的走狗”的可能，号称“左翼作家”者既然“左而不作”，“第三种人”又要作而不敢，于是文坛上便没有东西了。然而文艺据说至少有一部分是超出于阶级斗争之外的，为将来的，就是“第三种人”所抱住的真的，永久的文艺。——但可惜，被左翼理论家弄得不敢作了，因为作家在未作之前，就有了被骂的豫感。

我相信这种豫感是会有的，而以“第三种人”自命的作家，也愈加容易有。我也相信作者所说，现在很有懂得理论，而感情难变的作家。然而感情不变，则懂得理论的度数，就不免和感情已变或略变者有些不同，而看法也就因此两样。苏汶先生的看法，由我看来，是并不正确的。

自然，自从有了左翼文坛以来，理论家曾经犯过错误，作家之中，也不但如苏汶先生所说，有“左而不作”的，并且还有由左而右，甚至于化为民族主义文学的小卒，书坊的老板，敌党的探子的，然而这些讨厌左翼文坛了的文学家所遗下的左翼文坛，却依然存在，不但存在，还在发展，克服自己的坏处，向文艺这神圣之地进军。苏汶先生问过：克服了三年，还没有克服好么？回答是：是的，还要克服下去，三十年也说不定。然而一面克服着，一面进军着，不会做待到克服完成，然后行进那样的傻事的。但是，苏汶先生说过“笑话”：左翼作家在从资本家取得稿费；现在我来说一句真话，是左翼作家还在受封建的资本主义的社会的法律的压迫，禁锢，杀戮。所以左翼刊物，全被摧残，现在非常寥寥，即偶有发表，批评作品的也绝少，而偶有批评作品的，也并未动不动便指作家为“资产阶级的走狗”，而且不要“同路人”。左翼作家并不是从天上掉下来的神兵，或国外杀进来的仇敌，他不但要那同走几步的“同路人”，还要招致那站在路旁看看的看客也一同前进。

但现在要问：左翼文坛现在因为受着压迫，不能发表很多的批评，倘一旦有了发表的可能，不至于动不动就指“第三种人”为“资产阶级的走狗”么？我想，倘若左翼批评家没有宣誓不说，又只从坏处着想，那是有这可能的，也可以想得比这还要坏。不过我以为这种豫测，实在和想到地球也许有破裂之一日，而先行自杀一样，大可以不必的。

然而苏汶先生的“第三种人”，却据说是为了这未来的恐怖而“搁笔”了。未曾身历，仅仅因为心造的幻影而搁笔，“死抱住文学不放”的作者的拥抱力，又何其弱呢？两个爱人，有因为豫防将来的社会上的斥责而不敢拥抱的么？

其实，这“第三种人”的“搁笔”，原因并不在左翼批评的严酷。真实原因的所在，是在做不成这样的“第三种人”，做不成这样的人，也就没有了第三种笔，搁与不搁，还谈不到。

生在有阶级的社会里而要做超阶级的作家，生在战斗的时代而要离开战斗而独立，生在现在而要做给与将来的作品，这样的人，实在也是一个心造的幻影，在现实世界上是没有的。要做这样的人，恰如用自己的手拔着头发，要离开地球一样，他离不开，焦躁着，然而并非因为有人摇了摇头，使他不敢拔了的缘故。

所以虽是“第三种人”，却还是一定超不出阶级的，苏汶先生就先在豫料阶级的批评了，作品里又岂能摆脱阶级的利害；也一定离不开战斗的，苏汶先生就先以“第三种人”之名提出抗争了，虽然“抗争”之名又为作者所不愿受；而且也跳不过现在的，他在创作超阶级的，为将来的作品之前，先就留心于左翼的批判了。

这确是一种苦境。但这苦境，是因为幻影不能成为实有而来的。即使没有左翼文坛作梗，也不会有这“第三种人”，何况作品。但苏汶先生却又心造了一个横暴的左翼文坛的幻影，将“第三种人”的幻影不能出现，以至将来的文艺不能发生的罪孽，都推给它了。

左翼作家诚然是不高超的，连环图画，唱本，然而也不到苏汶先生所断定那样的没出息。左翼也要托尔斯泰、弗罗培尔。但不要“努力去创造一些属于将来（因为他们现在是不要的）的东西”的托尔斯泰和弗罗培尔。他们两个，都是为现在而写的，将来是现在的将来，于现在有意义，才于将来会有意义。尤其是托尔斯泰，他写些小故事给农民看，也不自命为“第三种人”，当时资产阶级的多少攻击，终于不能使他“搁笔”。左翼虽然诚如苏汶先生所说，不至于蠢到不知道“连环图画是产生不出托尔斯泰，产生不出弗罗培尔来”，但却以为可以产出密开朗该罗、达文希那样伟大的画手。而且我相信，从唱本说书里是可以产生托尔斯泰、弗罗培尔的。现在提起密开朗该罗们的画来，谁也没有非议了，但实际上，那不是宗教的宣传画，《旧约》的连环图画么？而且是为了那时的“现在”的。

总括起来说，苏汶先生是主张“第三种人”与其欺骗，与其做冒牌货，倒还不如努力去创作，这是极不错的。

“定要有自信的勇气，才会有工作的勇气！”这尤其是对的。

然而苏汶先生又说，许多大大小小的“第三种人”们，却又因为豫感了不祥之兆——左翼理论家的批评而“搁笔”了！

“怎么办呢”？

（十月十日。）

骂杀与捧杀

阿法

现在有些不满于文学批评的，总说近几年的所谓批评，不外乎捧与骂。

其实所谓捧与骂者，不过是将称赞与攻击，换了两个不好看的字眼。指英雄为英雄，说娼妇是娼妇，表面上虽像捧与骂，实则说得刚刚合式，不能责备批评家的。批评家的错处，是在乱骂与乱捧，例如说英雄是娼妇，举娼妇为英雄。

批评的失了威力，由于“乱”，甚而至于“乱”到和事实相反，这底细一被大家看出，那效果有时也就相反了。所以现在被骂杀的少，被捧杀的却多。

人古而事近的，就是袁中郎。这一班明末的作家，在文学史上，是自有他们的价值和地位的。而不幸被一群学者们捧了出来，颂扬，标点，印刷，“色借，日月借，烛借，青黄借，眼色无常。声借，钟鼓借，枯竹窍借……”借得他一榻胡涂，正如在中郎脸上，画上花脸，却指给大家看，啧啧赞叹道：“看哪，这多么‘性灵’呀！”对于中郎的本质，自然是并无关系的，但在未经别人将花脸洗清之前，这“中郎”总不免招人好笑，大触其霉头。

人近而事古的，我记起了泰戈尔。他到中国来了，开坛讲演，人给他摆出一张琴，烧上一炉香，左有林长民，右有徐志摩，各各头戴印度帽。徐诗人开始绍介了：“唵！叽哩咕噜，白云清风，银磬……当！”说得他好象活神仙一样，于是我们的地上的青年们失望，离开了。神仙和凡人，怎能不离开呢？但我今年看见他论苏联的文章，自己声明道：“我是一个英国治下的印度人。”他自己知道得明明白白。大约他到中国来的时候，决不至于还胡涂，如果我们的诗人诸公不将他制成一个活神仙，青年们对于他是不至于如此隔膜的。现在可是老大的晦气。

以学者或诗人的招牌，来批评或介绍一个作者，开初是很能够蒙混旁人的，但待到旁人看清了这作者的真相的时候，却只剩了他自己的不诚恳，或学识的不够了。然而如果没有旁人来指明真相呢，这作家就从此被捧杀，不知道要多少年后才翻身。

（十一月十九日。）

新
流
xinliu

读书如游戏 目的不在赢而在有趣

产品经理 吕文澜 营销编辑 肖 瑶
特约编辑 王 静 装帧设计 朱镜霖

图书在版编目（CIP）数据

读书如游戏 目的不在赢而在有趣 / 鲁迅著 . -- 南京 : 江苏凤凰文艺出版社 , 2024.6（2024.10 重印）
ISBN 978-7-5594-8614-1

Ⅰ . ①读… Ⅱ . ①鲁… Ⅲ . ①鲁迅散文 – 散文集 Ⅳ . ① I210.4

中国国家版本馆 CIP 数据核字 (2024) 第 082865 号

读书如游戏 目的不在赢而在有趣

鲁迅 著

责任编辑 白 涵
特约编辑 王 静
装帧设计 朱镜霖
责任印制 杨 丹
出版发行 江苏凤凰文艺出版社
南京市中央路 165 号，邮编：210009
网 址 http://www.jswenyi.com
印 刷 天津中印联印务有限公司
开 本 710 毫米 × 1000 毫米 1/32
印 张 8
字 数 119 千字
版 次 2024 年 6 月第 1 版
印 次 2024 年 10 月第 2 次印刷
书 号 ISBN 978-7-5594-8614-1
定 价 35.00 元